紫式部のオーラ

――『源氏物語』をわかりやすく

まえがき

初めて『源氏物語』に接したのは、高校生の時だ。授業で「光源氏は、お嫁さんにする女性は、相手が幼いうちに目をつけて自分で育てるんだ。」と教師が言ったことがとても印象に残っている。なるほど光源氏は優しい家庭教師のお兄ちゃんのように幼い紫の上を育て上げ、抱っこして寝て、ある時、「女らしくなったな」と思うと、そのまま紫の上を妻にしてしまう。

秋山虔氏と三田村雅子氏の対談『源氏物語を読み解く』（小学館　二〇〇三年四月）で、瀬戸内寂聴さんが、源氏は空蟬をレイプした、ということをよく言っていたこと、また、三谷邦明氏も同じようなことを言っていたということが記されている。言うまでもなく三谷氏と三田村氏は、二人そろって著名な『源氏物語』の研究者ご夫婦である。源氏は特に若いうちはさまざまな禁忌やルールを破る。女性に限ってではなくおきて破り、侵犯をするのが源氏である。

しかし、それだけにこだわらず、華麗な千年前の物語のすばらしさ、楽しさをわかりやすく語っていきたい。紫式部の時代には多くの物語があった。そのほとんどは現代には伝わらない。どうして『源氏物語』が《永遠の生命》とでもいうべきものを獲得しているのか、その秘密に迫りたい。

目次

part 1

part 2

part 3

装丁◉林 二朗

part 1

光源氏は悪（ワル）？

1

空蝉（うつせみ）の出てくる「帚木（ははきぎ）」の巻を見てみよう。有名な〈雨夜の品定め〉があって、若い男たちが内裏（だいり）の源氏の部屋を〈たまり場〉にして女性談義をする。ありがちな〈悪友の交わり〉である。若さゆえの好奇心旺盛な、女に関する体験告白・情報交換の親密な交友である。

その中で、上流階級、中流階級、下流階級別の女が話題になって、源氏は上流階級の女しか知らなかったが、なまじっかの上流階級よりも、受領（ずりょう）などの財産豊かに富める新興の中小貴族の娘たちがおもしろいという意見が出た。受領というのは現代の県知事のような存在だが、もっと身分は低くみられる地方官で、あるいは都から遠い任地であくせく働き、ひと財産築くものが多かった。紫式部の父親なども受領である。

源氏は中流、〈中（なか）の品（しな）〉に興味をそそられる。〈雨夜の品定め〉の翌朝、左大臣の家、つまり正妻の葵上（あおいのうえ）のところに久しぶりに訪れた。葵上は典型的な〈上の品〉だが、上品ですごく美しいものの、あまりにもとりすましていて打ち解けない、近づきがたくてものたりない。

夜になる頃に人々があることに気づく。今日はこちらの方角が「方(かた)ふたがり」、ちょうど源氏たちが昨夜いた内裏からこちらの方角が来るのが禁じられた方角だということがわかる。当時の俗信である。人々はみな信じて従っていた。源氏の自宅の二条院も禁じられた方角である。源氏はそうだったと、いまさら気づいたかのように言って、とても気分がすぐれないと面倒くさがり、そのまま寝ようとする。源氏は〈禁を犯す〉のが平気なのである。周りの人々は、とても善くないことです、といさめる。

それじゃあ、ということで、〈方違え(かたたがえ)〉をすることにする。紀伊守(きのかみ)の家が涼しくていい家だということになる。今度はルールを利用して〈女あさり〉である。〈中の品〉の女を期待する。

2

紀伊守の家は水を引き入れて涼しい邸宅であると聞くと、たいへん都合がよい、気分がすぐれないから牛車(ぎっしゃ)ごと門から入れるところがよい、などと源氏は言う。紀伊守は、ちょうど父の伊予守(いよのかみ)の家の女性たちがやってきているところで、狭い邸なのでご無礼があるかもしれません、と言う。源氏は、その女性たちに近いというのはありがたい、女が近くにいない旅寝はなんとなく恐ろしい気持ちがするようだから、伊予守方の几帳(きちょう)（ついたて）

のすぐ後ろに寝かせてくれ、と言う。紀伊守も心得たもので、なるほど、よいご座所でございましょうな、などと答えている。

紀伊守の邸に到着して涼しげななかで蛍などが飛び交っていて、みな酒を飲みかわす。近くに女たちの衣（きぬ）ずれの音がして、しのび笑いをしているのが聴こえる。源氏はそっと聞き耳を立てる。女たちは噂する。「源氏はひどく生真面目で、お若いのに、もう身分の高い奥さんが決まっているなんてつまらないわね。」。また、「でも源氏はうまく隠れて女性のところに忍んでいるらしいわ。」などとも聴こえる。

紀伊守がやってきて酒の肴（さかな）を差し上げる。源氏は「とばり帳もいかにぞは」と、平安時代の「歌謡」である、催馬楽（さいばら）「我家（わいへん）」の歌詞を引いて、戯れに露骨に女による接待を要求する。「とばり帳」とは、寝室のカーテンのことであり、この催馬楽に出てくる言葉には「かせ」があり、これは「ウニ」で形が女陰に似るところから、「女」を暗示している。「かせよけむ」、「かせ＝女陰」はよいだろう。そちらのほうのもてなしもなくては心外なもてなしであろう、と源氏は厚かましく言う。すると紀伊守もさすがに「何よけむ」とはお受けできませんで、と逃げる。こういった女性器の描写は紫式部の非常に尊敬する紀貫之（きのつらゆき）の『土佐日記』でももっと露骨で有名である。『土佐日記』は日本で初めてひらがなで書かれた日記である。

こういった文字上のセクハラとでもいうべきことは、実は、ミケランジェロのダヴィデの陰茎や、ルーブル美術館のルーベンスの豊満な裸婦の絵などと同じ、豊かな生殖祈願が込められているとも考えられよう。文字上の男女の情交なども似たような役割を果たしている。アルチュール・ランボーの初期の詩には、十字架上の裸体に腰布のキリストを見ながらオナニーにふける少女が描かれる。五穀豊穣の人間レベルの祝言である。

源氏は横になって休み、紀伊守と語り合い、父の伊予守ののち添え、後妻が、親と子ほど年が違い、若くて息子の紀伊守と同じくらいだということを知る。紀伊守とお似合いの年頃だとしても、父の伊予守は譲ってくれないだろうな、などと源氏は冗談を言う。酔いがまわってきて皆、寝静まるが、源氏は目がさえて眠れない。

3

女は意外と近くで寝ている。話声で、それとわかる。暗い中を源氏は忍び込む。高貴な身分で恐れ多くてとてもあらがったり、大声を立てるようなわけにもいかず、空蟬は気強く忍ぶ。夏の暑い夜に汗もしとどになりながら、源氏に軽々と抱きかかえられ、奪われてしまう。空蟬の夫は老人だが、源氏は十七歳の若さ。しかし夫が老人なのに、空蟬は私は妻だからと容易に従いはしなかった。気位が高く気高い倫理観の女は源氏に強い印象を与えた。性格がものやわらかだが、抵抗が強いから、しなやかな竹の感じがして、折れそうで、なかなか折れる感じがしなかった。空蟬はひどいわ、と泣きに泣く。源氏は男女の契りは《宿世》だと説得する。前世からの因縁だ、と。《仏教的世界観》である。人妻なのに男女の仲をまるで知らないかのようだ、と閉口する。

空蟬もこんな後妻になってしまった私ではなく、娘のままであったらよかったのにと嘆く。源氏もこのあと空蟬に手紙も届けることもできず、どうしようもないと泣く。三田村雅子氏は、源氏の「レイプ」というよりも、「結婚」にこだわりすぎる空蟬のほうに問題があるように見えるということを言われている。かと言って和泉式部のような奔放な男性との関係を、というのではないだろう。

4

結局、その後も源氏は空蟬にもう一度逢おうとするが、頑固に拒まれる。引き続き、「帚木」の巻から、「空蟬」の巻になり、紀伊守が任国に下って、家を留守にした機会にチャンスを得る。

のぞき見をすると、女がふたりで碁を打っている。近くに灯をともしている。空蟬らしい人は小柄でいかにも見栄えのしない姿をして、顔などは相手の女性にも見せないように礼儀正しい。これが平安女性としてのたしなみである。手などはとても痩せて袖口に隠している。一方、もうひとりのほうは、見ている角度が角度のせいもあって、まる見えである。着物をしどけなく着て、紅の袴の腰ひもを乳房の下あたりで結んで着ると、単衣をすかして胸がはっきり見え、だらしないくらいである。たいへん白く美しくまるまるとふとって背丈のある人で、頭のかっこうや額の形は、とても際立っていて、目もと、口もとに愛敬があって、はなやかな容貌である。髪なども美しい。することも、てきぱきとして、はしゃいでいる。軒端荻（のきばのおぎ）と通称される女性である。

空蟬をよく観察すると、礼儀正しく、口をおおってはっきりは見えないが、横顔だけはわかる。目が少しはれぼったい感じがして、鼻なども形がよいわけでもなく年齢を感じさせ、においやかな美しさもなく、言ってしまえば、不美人といってよいが、身だしなみがよく、軒端荻よりも、心づかいがあって心惹かれる。軒端荻は活気があって好ましく魅力的であり、これはこれでとてもよい。

源氏が今まで会った女性は、打ち解けたりすることがなく、気を張って、横を向いてばかりなので、このようにくつろいだ女性のありさまを、垣間見たりすることは経験がなかった。

源氏は夜になって夜這いをしてそっと忍びこむ。空蟬が目当てであったが、それと察して、空蟬はするりと抜け出てしまい、軒端荻が取り残されて寝ている。源氏は暗闇の中で以前と感触が違うなあ、人間違いだなと気づく。しかし、軒端荻はしゃれていて、まだ男を知らず初めてなのに積極的である。源氏も若々しい感じだから、魅かれて結ばれる。

やはり気がかりなのは空蟬で、執着してしまう。やや、あっけらかんとした軒端荻にはどうでもいい感じである。作者紫式部の対照法である。源氏は気強く自分を拒絶する空蟬に魅かれる。このあと「夕顔」の巻が続く。

『源氏物語』は、よく言われることであるが、光源氏が主人公であるけれど、さまざまな女性、多様な女性像を描き出しているのが凄い。

幼女婚への道

1

紫の上は源氏の生涯を通しての妻といってよいと思う。もちろんだ。第一ヒロインという意味で。ただ紫の上という存在は、源氏の母とそっくりな父の天皇の奥さん、藤壺を抜きにして考えられない。源氏はほとんど物心がつかないうちに母を失い、平安時代は「子どもは母親の手によって母親の家で養育される」のがふつうであったのに、父の天皇の手で育てられた。幼いうちに母を失ったというのは、源氏の《トラウマ》である。この《トラウマ》は源氏物語の原動力である。《母恋い》は、「性的エネルギー」として噴出し、母親にそっくりな美人の藤壺に子どもを孕ませる。藤壺も源氏に魅かれていた。どうしてそういうことになるかというと、幼い時、源氏は父のもとで養育されたため、親しく藤壺と接することができた。藤壺のやさしさ、すばらしさに日常的に包まれて、魅了されたからである。

源氏と紫の上のかかわりあいは「若紫」の巻から始まる。「幼い紫の上」という意味で「若紫」である。源氏は病気に悩んでいて、これを物語では「わらわやみ」としている。「わらわ」は正確に漢字で書くととても難しい字だが、表記によっては「童病」でもあるのが象徴的である。子どもだけがかかる病気ではないものの、響きからすると《子どもの病気》である。光源氏の《トラウマ》だ。その《トラウマ》が癒されてゆくのが「若紫」の巻である。言い換えれば、《母の喪失》からの回復、そのきっかけである。だから紫の上がまだ少女なのに源氏が夢中になるのは、《トラウマ》が回復されると無意識のうちに強烈に直観しているからである。この強烈な直観力はエネルギーを放射し、幼い紫の上に《オーラ》をかける。源氏には紫の上が輝いて見える。

源氏は北山の修行僧をはるばると訪れる。仏法の力で病を治そうというのである。旧暦の三月下旬、京都の桜はみんな散ってしまったが、この北山では桜は盛りである。

ちなみに平安時代はソメイヨシノなんていう桜はなかった。だから古典で学習する和歌や物語の桜はソメイヨシノではない。ソメイヨシノを思い浮かべるのは、ある意味、まちがっている。ソメイヨシノは明治時代から急激に広がって全国制覇した桜である。

それはそうとここは京の都と違い、高い山の気が源氏たちをつつみこんでいる。日は高くのぼり、はるか遠くまで見下ろせる。この自然の美しさ、高山での大気の空気感は快癒の予兆である。

夕方になって療養がてらに源氏と家来の惟光(これみつ)は散策する。ある僧都(そうず)（身分の高い僧）の家のそばまでくる。相手は気づかないが、中の様子や話し声まで聞こえる。

子どもたちが出たり入ったりして遊んでいる。その中に際立ってかわいらしい子がいる。源氏には、ほかの子どもとは比べられないくらい素晴らしく見えた。成人した姿が想像されて異常に魅了されるのである。時に紫の上、十歳、源氏は十八歳。といっても今日でいう、ロリコンではない。源氏にはその気配はちっともない。幼い子どもに成熟したのちの姿を透視している。源氏の理想の女性、藤壺、その人の姿と重なって輝いている。そして紫の上が幼くして母を失ったことを知り、源氏自身も幼いころ母を失ってつらかったことが思われ、同情を深め、また紫の上が藤壺の姪であることを知る。ただ紫の上には安心してよりどころになるはずの財政基盤がない。養育してくれる人がいない。父はいるが、別に妻がいて、継子扱いのおそれが大きい。

源氏は紫の上の祖母の尼君に紫の上を引き取りたいと申し出るものの、「結婚にはまだ早い」とことわられる。引き取ることは結婚と同等である。紫の上は年齢よりも幼く、あどけないくらいである。よし、まず、引き取りたいと申し出ただけで充分だ、と源氏は判断する。そして北山で療養の一夜を過ごす。

明け方になって、法華経を一心に読経をする尊い声々が山から吹き下ろす風にのって聞こえてきて、滝の音と響き合っている。さらに明けゆく空はとても霞んで、山の鳥たちもそこはかとなくさえずりあっている。名も知らないさまざまな草木の花々が色とりどりに散りまじり、一面に広がっている。そこを鹿がたたずみ歩く。いつの間にか源氏の病気も治ってしまう感じがした。

それにしても源氏の、こうだ、この女性だ、と思った時の決断の速さは見るべきものがある。光源氏というと超越的なイケメンとばかり考えがちであるが、度胸もすわったふてぶてしいくらいの人間である。

2

紫の上は源氏を見て父の兵部卿宮（ひょうぶきょうのみや）よりも素晴らしい、と感想を述べると、そばにいた侍女は、だったらあの方の子どもになりなさい、と言う。そうすると紫の上はうなずいて、とてもいいことだわ、と思う。ままごとにも源氏の君がさまざまに登場する。

源氏は病が快方に向かって都に帰る。正妻の葵上（あおいのうえ）とうまくゆかず、紫の上のことを想う。帰京しても抜け目なく手紙で攻める。この攻めの手をゆるめない。

とかくするうちに藤壺は源氏の子どもを身ごもる。繰り返しになるが、藤壺は源氏の父の桐壺帝の妻である。源氏は父の奥さんを妊娠させたのである。のちの冷泉（れいぜい）帝である。源氏は天皇の父となる、将来的には。この時点で確定的ではないが、その可能性が見えるところにいる。これも「犯し」である。父の立場を侵犯し、父の妻を孕ます。源氏は犯したことにおびえ、恐怖のような不安を覚えるが、動じないところがある。だから紫の上のことも並行して進められる。

3

紫の上の祖母は体具合がよくなって北山から京にもどった。が、またひどく具合が悪くなって、源氏は紫の上の未来を託される。遺言である。源氏は紫の上に最初会った時から、強く魅かれて、「前世からの因縁」を感じ、これは「来世」までも結ばれた「因縁」だと言う。《仏教的世界観》であり、《宿世》である。源氏物語を支配するのは、このような《仏教的世界観》である。現代の私たちの常識からは考えられないことである。当時は私たちが《科学》を信じるように《仏教》を信じていた。病気を治す手段でもあった。

源氏は夜に紫の上の祖母を訪問した。もの越しに、お互いの姿が見えないようにして会話していた。すると眠りについていたはずのあどけない紫の上が、「おばあさま、あの、お寺にいらした源氏の君がいらっしゃったんですって。どうして顔を合わせながらお話にならないの?」と出てきたので、かたわらの女房たちは、ほんとうにばつがわるい思いをして、「しっ、しずかに」と制すると、「でも、『(源氏の君のほれぼれするような姿を)見たら具合の悪い心地も慰められた』とおっしゃったからよ」と大人たちのシリアスな会話にかわいく、あどけない紫の上が《純粋性》そのもののように乱入する。

少したって、結局、尼君は亡くなってしまう。夜に同じように紫の上を訪問した源氏は、「ねむたいのに」という紫の上を「私の膝の上でおやすみなさい」と言い、とうとうベッド（御帳）の中に一緒に入ってしまう。周囲はあわてるが、あられが降り荒れてぞっとするような夜の様子に、源氏は、こんな心細い家だから私が宿直役を務めようと、一晩、居てしまう。少女とのベッドインは当時も許されることのないルール違反だ。「犯し」だ。源氏はただ抱っこ寝をしただけである。翌朝、源氏は帰るが、次の夜は訪れない。だが、当時の常識としては「結婚」は三夜続けて通うと正式の結婚なので、紫の上の周囲の女房たちは不満顔である。一晩だけで三夜どころか、あとは来なかった。源氏は、そういうふうにルールもさらに破って「犯し」をしてしまう。もとより結婚年齢に達していない少女である。そして紫の上の父が迎えに来そうになると、強引に紫の上を自宅の二条院にさらってしまう。少女を「盗んで」しまう。最大の「犯し」である。

4

「犯し」と書くと「犯罪」の「犯」の字が入るので、悪いことのような気がするが、すべてがそうとは限らない。慣習的に、固定観念的に守られているルールを破ることも含まれる。しかし、日本人は「みんなが守っていること」を守らないのは苦手中の苦手である。「みんなが守っていること」を破るのは、〈なんら害のないことでも〉、日本人は気が引けるのである。コロナ禍のマスクを考えるだけでいい。これは《共同体》という意識が非常に強いからかもしれない。だから、みんなと同じであろうとする。《異質》で自分はありたくない、《異質》、「みんなと違っている」と《排除》されるから、ということで、《共同体》意識の非常な強さは、「イジメ」にも反転する。そのように《共同体》の論理が強いのが日本人である。《差別》も強い。

しかし、源氏は違う。破る、「犯し」をするのである。因習的な「ルール守り」では、どうにもならない時は、破る。すりぬける。機敏であり、機転がきく。野生のチーターのように敏捷だ。簡単に言えば《常識破り》である。それには《勇気》が要る。「《自由》への意志」である。障害となる、「無意味なルール」を破って「生きる」。それが光源氏である。光源氏は《自由》なのだ。『源氏物語』の《現代性》である。

5

「盗婚（ぬすみこん）」というのが古代にはあって、源氏が紫の上を盗んだのもそれだ。その結果、紫の上は悲惨な人生を送る運命をのがれたのである。そのまま父の家に引き取られていれば、紫の上の母親をいじめた父の正妻＝継母にひどい目に合わされただろう。

幼い紫の上は目を見張る。源氏の二条院はすばらしい御殿で、とても大きく、輝いている。目の前には広々とした大庭園が広がっている。なにしろここは源氏の母の桐壺の更衣の屋敷を、源氏の父の天皇が財を投じて大改築した豪邸なのだから。

日がたつにつれて紫の上も慣れてきて源氏がお出かけから帰った折などは、かわいらしくお話をして源氏に抱っこしてもらって、少しも恥ずかしがらない。源氏にとってはとても愛らしく思えることで実の娘でさえこの年頃になると心をゆるしてふるまって、一緒に寝たりすることはできない。紫の上は実に風変わりな、また、大切に育て上げるべき姫君である。

恋人同士のプライドの激突、プライドの破壊

1

源氏の第一夫人、《正妻》が出産後、死亡した。葵上である。喪につつまれるが、その中でも次に問題となってくるのが、源氏の《正妻》にだれがなるかである。世評でも一番は六条御息所（みやすどころ）である。葵上のもとに生霊となって現れて死に追いやった御息所である。「御息所」という呼び名は、前の皇太子の妻だったからである。十四歳の娘もいる。娘は斎宮として伊勢神宮へ向かおうとしている。御息所は源氏に未練が強く残っている。あきらめきれない。それでも娘を一人で行かせるのは心配なので、自分も寄り添っていこうとしている。

もともと御息所は声望も高く、たしなみ深く豊かな趣味をお持ちの洗練された方として、以前からよく知られた方だった。娘の斎宮が野宮（ののみや）にお移りになられる時もさまざまな趣向を凝らし、風情のある目新しいことを試みたので風流好みの殿上人（てんじょうびと）たちは朝に夕に露を踏み分けてあちこちで熱中するというありさまだった。御息所の洗練された女房たちにまつわりつくのであろう。

生霊事件のこともあり、非常に高貴な女性で長い交際でもあるものの、源氏は自分の《正妻》とすることを拒絶した。あまりにも欠点がなく立派過ぎたこともあろう。御息所は最高の女性としてのプライドをへし折られる。スキャンダルめいて世間でも話題になるだろう。この上もない屈辱である。それでも源氏は御息所には魅かれる。どうしようもない強烈な魅力があるからだ。源氏自身も天皇の子であり、この上もなく高貴で趣味人で高度な美意識の持ち主である。その高度な美意識に御息所はいかにもふさわしく、ベストカップルである。しかし源氏は一緒になったら決してうまくいかないと判断し、野宮を訪ね、最後の一夜をともにし、別れる。どんなに御息所が愛されたかったかは《正妻》の葵上を呪い殺したとでもいうべき、生霊事件である。

2

話は、源氏の《正妻》の葵上の生前にさかのぼる。御息所は初めうち、そんなに激しく嫉妬していたわけではない。きっかけは《車争い》である。賀茂神社の祭の日（御禊の行列）である。キムタクの岐阜の信長行列どころではない。今日の見物では光源氏のお姿を、と身分の低い山の民までやってくる。遠い国から妻子を連れてやってくる。妊婦でもあり、気の進まなかった葵上も周囲に勧められて見物に出かける。物見車がたくさんごった返していて身分の高い女房たちの牛車が多く、下々の者たちがいないところをよくよく選び出して場所取りをしている。

そのうちやや質素な感じの牛車で人目を忍んでいるらしいのがある。その車についている者が「この車は決して立ち退かせていいような車ではない」と強く出て、手を触れさせない。実はこれが御息所の車である。どうしても源氏の晴れ姿が見たくて隠れてやってきていたのだ。しかし、葵上の側も若い者たちは酔っぱらって、言いあい、もみ合いになる。御息所のほうはさりげないふうにしていたが、葵上のほうの人たちには自然にわかってしまう。見破られてしまう。葵上がたの従者は、御息所を「単なる源氏の通いどころ」だとののしって、源氏の威光を笠に着ているのだろうと、強烈な皮肉を言う。葵上が《正妻》で第一夫人だからだ。葵上は面倒なので素知らぬ顔で、牛車の場所を決めてしまう。葵上のほうは何台も並べ、御息所は車を一部壊され、見物もできないようなところにまで押しやられてしまう。悔しいのはもちろんとして人目を忍んで来たのを知られてこの上なくいまいましく思われる。恥辱である。葵上の侮辱である。

行列が通る。帰ろうにも動きが取れず、自分に冷淡な源氏のお通りが待たれるのも心弱さである。自分の前は素通りしていって、あちこちの源氏の通いどころらしい女性には微笑んだり、流し目を送る。葵上の一行は目立つので、まじめな顔をして通り過ぎる。お供の人たちはかしこまっている。完璧に無視された御息所は自分のお供の女房たちが見るのも恥ずかしいけれど、涙が流れる。

祭の行列は花々しく華麗であった。しかし、源氏の輝きにみな打ち消されたよう。つき従う上達部（かんだちめ）（上級貴族）なども、源氏の光にはかなわなかった。身分の低くない女房たちも祭り気分を楽しんでいた。出家した尼たちまでもが転んだり、まごついたり、年老いて歯がすっかり抜けて口もとがすぼんで、髪を着物の中に押し込んでいるような身分の卑しい女たちまでもが、手をすりあわせて光源氏を拝んでいる。まるで源氏が目にとめそうもない、えせ受領の娘たちまでが、精一杯の装束で、おしゃれをして気取っているのは、それはそれでおもしろい見ものである。

《車争い》が葵上に対する、六条御息所の激しい情念を燃え立たせる。怨恨である。物思い、悩みは深くなる。娘の斎宮に付き添って伊勢へ下向したら、源氏との関係でますます世間の物笑い、嘲笑の種にされるだろうと。また、都に残っても、あのような有様では見下されるだけだろう。寝ても起きても悩ましく苦しい。

《正妻》という当時の《「結婚」という制度》が問題の根源にある。悩まされる六条御息所も《「結婚」という制度》をもちろん、疑う力もないし、それは常識で皆、それが当たり前だと思っている。それは共同体意識に深々と根差していて、疑うことを許されない。《「結婚」という制度》に従わなければ、《自分というもの》も壊れてしまう。共同体という制度はそれぞれの自我意識の深層を形成しているから、はむかおうとすれば、その圧力にぺしゃんこになり、錯乱するだろう。

《制度》に縛られつつ《制度》を超えるためには、生きながら「魂」を遊離させなければならない。生霊になって、《正妻》、葵上に襲いかかるしかない。これが六条御息所の生霊だ。紫式部が「生霊」を信じていたかどうかは問題外だ。《制度》があって、そのために生きがたく、まったく手段・方法がなければ、霊魂が身体から遊離して事をなすしかない。

苦悩のあまり、夢の中で、六条御息所は身ごもっている《正妻》、葵上に暴力を加える。周りには加持祈禱をする僧たちがいて、芥子（けし）の煙がただよっている。六条御息所は葵上に乗り移って、近くによっている源氏に話しかけたり、愛らしいまなざしで微笑みかけたりする。源氏は六条御息所の生霊だとはっきり認識する。六条御息所は夢から覚めると、衣服も髪も、体中に、祈禱の、芥子のにおいがついている。髪を洗っても取れない。

葵上は源氏の第二子、夕霧を産む。そして間もなく亡くなる。ちなみに第一子は義母の藤壺に産ませた、後の冷泉帝である。

結局、噂になった、朝顔の宮、朧月夜（おぼろづきよ）も《正妻》からは、はずれてダークホースの紫の上が浮上してくる。

紫の上の真の誕生

源氏物語の巻頭の「桐壺」では、女御（にょうご）・更衣が数多くいたにもかかわらず、《正妻》すなわち「中宮」が不在だった。桐壺帝は現代の天皇とは違って政治の実権を握っていた。自分で、現代の内閣総理大臣以上に、国政を治める権限があった。

多くの女御・更衣がいて、《正妻》がおらず、帝が桐壺更衣（きりつぼのこうい）との愛欲の生活におぼれていた。「性的なエネルギー」の《不均衡》が始めから設定されていた。《正妻》のいるはずの空間は「真空」である。そこに桐壺更衣の子どもとして光源氏が生まれる。弘徽殿女御（こきでんのにょうご）にすでに子どもがいたので弘徽殿側の右大臣家は不安を覚える。しかし結局はその子が朱雀（すざく）天皇となり、桐壺更衣の子どもは「親王」という皇族の身分にさえなれず、臣下におろされ、源氏の姓となる。

　これが『源氏物語』の発端に仕掛けられた、不均衡、いわば《動力》である。早く母を失った光源氏は父の帝のもとで養育される。母のない子である。《トラウマ》が「心の不均衡」である。源氏は同じく、母のない子の少女、紫の上に出会って《トラウマ》が解消されるきっかけをつかむ。源氏は紫の上を二条院に引き取ってひそかに養育する。

源氏は紫の上を理想の女性に育て上げようとかわいがり、教育する。字を書くのを教えたり、絵を見せたり、和歌の詠み方も教えた。そして四年間も抱っこ寝を続けた。紫の上に「結婚」しようとほのめかすが、紫の上の理解の外である。気がつかない。それならばと、ある夜、女にしてしまう、妻にしてしまう。翌朝、紫の上は起きてこない。周囲の人々は以前から抱っこ寝をしていたから、もともと夫婦関係があるのかないのか、わからなかった。ただ具合が悪いから起きてこないと思うぐらいである。紫の上には源氏にこんなことをする心があるとは全然思っていなかった。どうして疑いもせず頼もしい人だと思っていたのだろうかと思うばかりである。昼に源氏が戻ってきてかけものを取ると、紫の上は体を汗でぐっしょり濡らして、前髪もひどく濡れている。源氏には何も答えようとしない。よしよし、絶対に見にきません、と恨みがましい言葉をかけて、それでも、つきっきりで慰めるけれど、機嫌がなおらないのが、かえっていじましく可愛らしい。

とにかく紫の上には、「婚礼」の儀式をつつがなく行い、紫の上の乳母(めのと)も源氏がここまで懇ろに配慮してくれるのかと感動するくらい、源氏はきわめて手厚く心を尽くす。この紫の上を世間の人々が知らないのも一人前の女性らしくないと、実父の兵部卿宮に伝えて「裳着(もぎ)(成人式)」の儀式をとりおこなった。紫の上は源氏を恨んですねたままである。ともかくも、実父の一族を介して紫の上はそれなりに認知された。この紫の上の結婚や生霊事件のある「葵」の巻は源氏が二十二歳から二十三歳であり、すでに桐壺帝が譲位して、源氏の腹違いの兄の朱雀帝の時代である。権力関係が大きく動き、源氏は不遇の時代に向かい、心も鬱屈しがちになり、須磨に流されるのも間近である。

源氏、二十三歳秋から二十五歳夏までが「賢木（さかき）」の巻である。御息所母娘が伊勢に向かった。冬十月（陰暦）、父の桐壺院が重体になり、間もなく崩御する。正妻だった葵上の父の左大臣も不遇である。政治的に源氏を支えてくれた父親を失い、左大臣もだめである。藤壺は自邸の三条院に引き上げている。藤壺は源氏を東宮（とうぐう）の唯一の後見役として頼みにしているが、源氏に迫られるのを恐れている。東宮の実父は源氏であり、藤壺は母であり、何かスキャンダルが起きると、子どもの東宮の立場が危うい。にもかかわらず、源氏は藤壺に迫る。無我夢中で危険をもかえりみない。源氏は情念の噴出・性衝動に押されて行為する。ほとんど我を失う狂熱である。《制度》を、「ルール」を超越してふるまう。藤壺はどうにか逃れるが、塗籠（ぬりごめ）（物置部屋）にひそんでいた源氏は、物置部屋の戸を細目にそっと押し開ける。屏風の隙間に隠れて、昼光の中であらわに藤壺の姿を見てうれしさに涙を落とす。そして頭のかたち、長い髪の毛のみごとさ、限りないにおいやかな美しさは、まさしく紫の上にそっくりであった。ここ何年か藤壺に紫の上が似ていることを忘れていたのに気がついた。藤壺が驚くほどよく似ていることに、少し、物思いの晴れる感じがした。

このような紫式部の描写のトリックに読者は気づかれたろうか。藤壺と紫の上が逆転しているのである。工藤重矩著『源氏物語の結婚』（中公新書　二〇一二年三月）によるのだが、最初は、藤壺に幼い紫の上が似ていると思ったのに、今は、紫の上に藤壺が似ていると思って、光源氏は胸の晴れる思いにひたるのである。平安時代は藤壺のような高貴な女性を、あらわに、昼の光の中で見ることはほとんどありえないことだった。光源氏のうれし涙を思ってみるべし、である。

恐れをなした藤壺は、とうとう出家する。《出家》は『源氏物語』の世界では「鉄壁の防御」である。現代の私たちには、出家した女性に性的に迫れるような気がする。できそうな感じがする。しかし源氏はもう絶対にできない。当時の《仏教思想》は強烈に源氏を性的に弾く。完全防御である。後に源氏の妻となる女三宮（おんなさんのみや）も同じであった。

男性美の極致は女性美とは、令和的？

さかのぼるけれど、「帚木」の巻に十七歳の源氏が夜にしどけない着物姿でくつろいでいるのを見て、あまりにも色っぽいので、「女にして見てみたい」と、親友の頭中将が思うところがある。美しい男は女の美しさと同じなのである。

「若紫」の巻でも、北山の僧都が、光源氏を見ると世を捨てた自分の心にも、たいへん世の中のつらさを忘れ、ほれぼれとその美しさに寿命が延びる、とするところがある。はっきりは書いてないが女性的な美しさであろう。目の保養になるということだ。ゆゆしい、神に魅入られそうな、あやういまでの美しさである。

「紅葉賀」の巻では、藤壺の兄弟の兵部卿宮がほんとうに風情のある様子で、なまめかしくなよなよとした優美さで、源氏は女にして恋人にしたらさぞかしよかろうというところもある。同時に宮も源氏を女にして恋人にしてみたいと感じる。相思相愛のエロチシズムである。さらに、なんと、藤壺が自分の子の東宮が恋しがって涙し、久しぶりに会ったうれしさに微笑んだのを見て、女にして見たいような美しさだと思う。光源氏にそっくりで、女性の藤壺までもが自分の息子に女性美の理想を見る。男性美の極致は女性にとっても、女性美である。これが『源氏物語』。

ロミオとジュリエット？

紫式部も片親だった。光源氏も片親だった。《トラウマ》は共有されている。その自我のクレバス、裂けめから噴出するエネルギーは凄まじい。紫式部はシェイクスピアより五百年以上前に生まれた。「賢木」の巻の朧月夜との関係は、『ロミオとジュリエット』どころではなく、もっと大胆だ。政敵同士の家の恋愛である。

以前から関係があった朧月夜が自邸の右大臣家に戻ってきているところへ、連夜のように源氏は忍んでいく。朧月夜は、源氏の兄の朱雀帝の妻の一人となっているにもかかわらず、源氏は関係を続ける。朱雀天皇の尚侍（ないしのかみ）であるが、天皇もその関係を以前から知ってはいた。

源氏と朧月夜はしめしあわせて密会を重ねる。源氏が毎晩、通う。朧月夜の姉は、弘徽殿の女御である。源氏の母が亡くなった時、夜の管弦の宴などを盛大にやった女御で、朱雀天皇の母であるから現在は后（きさい）の宮である。その邸宅である。危険きわまりない。危険なほど、源氏は楽しく、歓楽を尽くす。燃える。朧月夜はとてもいい女である。たびかさなっていくと、家の人も気づくものがいる。が、ことを荒立てると面倒なので誰も告げ口しない。

嵐の夜明けで少し雨が止んだころ、父の右大臣がなんということなく、朧月夜のベッド（御帳）のカーテンを開けた。奥までは見えない。嵐がひどくて大丈夫だったかと声をかける。源氏はその口調が早口で軽薄な感じなので、思わず、とても立派な左大臣の様子を思い浮かべて比較して苦笑する。朧月夜が困惑して、中にいる源氏を気づかれまいと、そっとかがんだまま出てゆくと、左大臣は性交で上気した朧月夜の顔を見て具合が悪いのかと思う。はい出した朧月夜の体に源氏の衣服の帯がからまって、よくベッドの奥をのぞき込むと、ほんとうに優雅に、あわてたふうでもなく、横たわっている源氏がいる。見つかった今になって、顔を隠すしぐさをする。右大臣はわが娘の驚くべき姿に唖然として、その場を立ち去ってしまう。朧月夜は茫然自失となり、死にそうな感じになる。それを源氏は何やかやと慰める。

光源氏は楽しんでいる。だからどうなるなどということも考えない。大胆で度胸がすわっている。しかし、待っていたのは須磨への流離であった。都落ちである。

神仏か、仏神か

「須磨」、「明石」の巻は源氏にとって最も苦しい時期だった。「苦しい時の神頼み」で源氏ならずとも、苦しい時には神仏に祈りたくなるものである。自分の力では、どうにもならない、そんな時、源氏は「天地」にも祈っている。「天神地祇（てんしんちぎ）」というらしい。

考えてみれば、たぐいまれな美貌、天皇の子どもという高貴な身分、学問にも音楽にも和歌にも優れ、すばらしい絵も描く。ほとんどオールマイティな人間として源氏は描かれる。

今日の私たちは「神仏」と言って、「神」を先にして「仏」を後にする。ふつう「仏神」とは言わない。明治時代の廃仏毀釈など、日本神道を上にする近代天皇制の結果だと思う。「神棚」が上で「仏壇」が下に来る。ところが『源氏物語』では、「仏神」と「神仏」が混在している。伊勢神宮の斎宮は、神に仕えるので「仏罰」を恐れる。六条御息所の娘が斎宮である。『源氏物語』の中では斎宮に付き添った御息所は実際、仏を怖がり恐れる。

ちなみに、話がとぶが、『伊勢物語』は『源氏物語』の当時、ずいぶん古いものだったらしい。「絵合（えあわせ）」の巻に出てくる。現代の私たちから見ると『伊勢物語』も『源氏物語』もどちらも同じ、古い平安時代の物語で、そんなに違わない。ということは、五百年もたてば、明治も大正も昭和も、平成も令和も、同じようなもんだろうということになる。日本が、人類が滅びなければ。まあ、それでも世界は美しい。目の前の世界を信じよう。

ちなみに俵万智さんの『恋する伊勢物語』が私は大好きである。ちくま文庫かな。

淫奔(いんぽん)な仏弟子、光源氏

庭の花々が色さまざまに咲き乱れ、美しい夕暮れに、海がはるかに見える廊、細殿に出て、たたずむ源氏の姿が不吉なまでにうつくしいのは、須磨の海辺という場所だけにこの世のものとも思われないほどである。白い綾のなよやかな、また、薄紫の着物、袿(うちぎ)などを着て、色の濃い直衣(のうし)に、帯をしどけなくしめた姿で、「釈迦牟尼仏(しゃかむにぶつ)の弟子」とみずから名乗ってゆるやかに経を読む声は、この世にまたとないものに聞こえる。

仏教に帰依している、が、やけに優美である。女性関係もきわめて派手である。須磨に都落ちする前に、藤壺、朧月夜、紫の上、六条御息所、花散里(はなちるさと)などという主だった関係のあった女性たちに、それぞれに心づくしの別れを告げ、親しかった召人(めしうど)とは紫の上にウソまでついて一夜を過ごす。それは葵上の女房で、正式な関係の女性とは認められていない、中納言の君である。浮舟(うきふね)の母も召人で、浮舟は父親の八宮(はちのみや)に召人の子どもであるがゆえに認知されなかった。そういう女たちが源氏には少なからずいる。彼女らは源氏に認められた女性たちを主人として、おこぼれ的に性愛の対象として甘んじている。いや、浮舟の母親は公認の召人でさえなく、それ以下だろう。一応、召人としておく。

いずれにしろ、こういった多くの女性関係を、紫式部は「邪淫戒」（夫婦以外の女性や正常でない性欲）を犯すものとは考えていないようである。「出家」をすれば、別であろうが、多淫であっても差し支えない。藤壺も源氏との間に子をなしたことを「罪」と考えているよりも仏教的《宿世》、「前世からの因縁」と考えている。平安時代に大きな影響のあった源信の『往生要集』の埒外にあるようである。源信は、宇治十帖（じゅうじょう）の僧都のモデルになったと言われる高僧である。《地獄》は仏教の経典に散在していて、まとまった世界とは考えられていなかった。『往生要集』以前には、日本には仏教的地獄は存在しなかった。源信が《地獄》を創造したのである。それが日本人の心に植え付けられ、意識構造にはめ込まれた。日本には、それ以前は《黄泉（よみ）の国》であった。これは《地獄》とは別物である。『源氏物語』は鎌倉仏教以前の《仏教的世界観》であり、光源氏の物語は現代の私たちには当てはまらない。ストレートにはつながらない。

朧月夜は源氏との連夜のベッドインがばれてから、宮中で源氏の兄の朱雀天皇に仕えることをとめられたが、父親の右大臣にたいへん可愛がられている娘で、右大臣が一生懸命に弘徽殿大后にも天皇にもお許しくださるようお願いしたので、行動制限のある女御でも御息所でもなくて、ただ内侍（ないし）という公的な務めだと天皇はお考えになり、許されて、またお仕えするけれど、心にしみこんでしまった源氏を、朧月夜は痛切に愛おしく思う。朱雀天皇は朧月夜を熱愛なさっていた名残で、周囲の非難も関係なく、おそばに置いて、なにかと源氏との関係を恨む一方、情愛深くしなさる。しかし、朧月夜は肉体関係を結んだ源氏のことで心がいっぱいだった。にもかかわらず、人のよい朱雀帝は源氏がいないともの足りない、などと語ったりする。もし私が死んでも、源氏よりも軽く思われそうだ、とまで言う。朱雀帝に熱愛されながら、からだは源氏を欲しがってもだえる朧月夜が、細部まで紫式部は描写しないにもかかわらず、迫ってくる書き方である。紫式部は性的な描写は露骨にはしない。ただ強烈にエロティックである、江戸時代、元禄の西鶴以上に。

差別的な光源氏と戦う明石の君

明石は田舎である。中流階級でも《田舎育ちの女》として明石の君は戦わなければならない。明石の入道を父親として、ものすごい財産の家に生まれた娘である。〈雨夜の品定め〉でも、源氏の仲間の若者たちの間で話題になったのは、もっぱら京の都の女性で、《田舎育ちの女》など考えもしてなかった。それが「若紫」の巻で、北山から見晴るかしながら、明石の入道父娘がうわさにのぼった。そして源氏も流れ流れて、今は、明石の入道の豪邸に世話になっている。へたな都の邸宅よりも豪華で風流である。

明石に落ち着いた源氏は都の藤壺や紫の上に先ず連絡をする。入道から娘のことをほのめかされた源氏は、思いがけず明石にたどり着いたのも「娘と前世からの因縁」があるかとは思うが、平静を装っている。

入道と源氏は仏教修行と音楽趣味で気が合い、語らう。入道は自分の不本意な人生と、にもかかわらず、一人娘だけは都の身分の高い方に嫁がせたいとの強い願いを口にする。入道の父親は大臣だった。自分が受領になっても、そういったプライドを捨てきれない。

とうとう源氏は離れて住んでいる明石の君の所に手紙を書く。明石の君は大都会の貴人からの手紙にびびって返事も書けない。相手は天皇の息子の源氏である。入道が返事を代筆する。また源氏が手紙を書く。しかし、あまりの身分違いに明石の君は涙ぐみながら返事を書く。その手紙を源氏が見ると、都の高貴な女性にまったく引けを取らないものだった。和歌といい、筆跡といい、見事であった。しばらくやり取りしても、源氏は自分の相手として見劣りしないと感じる。明石の君は思慮深く気位が高い。だが、身分が低いので、源氏は女が進んで自分のもとに来るようだったら、性的下女、「召人」として扱ってやろうと思う。意地の張り合いである。源氏の差別であり、女も階級差を実感している。この差別される実感は、受領の娘であった紫式部のものでもあったろう。現代でいっても、すごく偉い人あるいは超有名人と、ただの平凡な人の関係である。

「なにかと人目をまぎらわして、こちらに来させよ」

と源氏は言う。自分から明石の君のもとに行くようなことはありえないと思っている。明石の君も自分から源氏のもとへ行ったらおしまいだということが分かる。

月のたいへん美しい夜、明石の入道は娘の部屋を輝くばかりに飾りたてて、源氏に、もったいないほど素晴らしい夜ですと言った。源氏はきちんと衣服をととのえて夜深くおいでになった。

明石の君の住んでいる別荘は深い木立ちのなかにあり、すばらしい邸宅であった。源氏が遠慮がちに、なにかと話しかけるにつけても、明石の君は現実が信じられず、まさか源氏がこんなふうに逢いに来てくれるとはと思いがけなく、うちとけない様子であった。それを見た源氏は、この上なく、一人前の貴婦人のようだなと思う。簡単に逢えそうもない高貴な身分の女でさえ、これほど自分が言葉を尽くして言い寄れば、気位高く拒み通せないものだが、都落ちして流浪している自分だから見下げているのだなと憎らしく、あれこれ気にかけて悩んだりする。強引な行為に及ぶのも、なりゆき上、具合が悪く、根競べに負けるようなのは、などと思い乱れている。歌を詠みかわして、ほのかな感覚では、明石の君は六条御息所に似ているような感じである。人柄はたいそう上品ですらりとしている。源氏の愛情が近いほどすばらしく感じとられるのであろう、いつもは長いのが嫌な夜が、とても早く明けてしまう気がする。夜が明けないうちにと源氏はふたたび逢うことを約束して帰ったことであった。「夜が短い」のは、ふたりが結ばれたからである。明石の君は「勝った」のである。

源氏は紫の上に対して気がとがめる。恋しさに長い手紙を書く。一方、明石の君は源氏の訪れが間遠なので気に病む。表面はとりつくろって、そんな源氏にも会う。

年が明けた。源氏は連夜、明石の君に逢いに来るようになった。六月ごろに妊娠のしるしが現れた。源氏は都に帰ることになったせいか、明石の君に別れがたく思うようになった。現代では意外であるが、明石の君に夜ふけにしか会ってなかったので、都に明後日帰るという時になって、よく見て分かったのだが、容姿は気品があり、たいへん教養がある様子で、いまさらのように何と美しい人ではないかと思い、しかるべき待遇で都に迎えようということになる。明石の君は源氏の美しさを見るにつけても、わが身のほどを思うと物思いはたえない。

源氏が聴きたがっていた琴を明石の君は弾く。すばらしい。源氏は将来を約束して、明石を去る。明石の君は源氏の子どもを孕んでいる。結局、紫の上には子どもが生まれず、明石の君の産んだ女の子の養母となる運命である。

息子の嫁に手を出そうとする源氏

ある僧都（身分の高い僧）が、冷泉帝に実はほんとうの父親は源氏であって桐壺帝ではないことを告げる。衝撃を受けた冷泉帝はつくづくと自分の顔を鏡に写す。源氏にそっくりである。母親は藤壺であり、冷泉帝は夢のような心持ちである。苦悩する。亡き桐壺帝がこのことを知っていたかどうか。また父の源氏を冷泉帝が「臣下」として源氏を仕えさせるのは、「父子の道」に反するのではないか。冷泉帝は天皇の位を源氏に譲ろうとさえする。

そうこうするうちに、ここいらへんが、《作者紫式部》の意図がまったくわからないのであるが、源氏は冷泉帝の奥さんの斎宮女御に横恋慕する。息子の嫁に手を出そうとする。父子で一人の女を共有させようと《作者紫式部》はする。この斎宮女御は、源氏と深い関係にあった六条御息所の娘である。源氏は母親と娘を両方ものにしようとする。実に奔放な光源氏である。しかし、源氏は「反省」する。仮にも斎宮女御は、母親の六条御息所と約束して、養女にした娘である、と。

こうした「反省」は、光源氏の《青春》の終わりである。身近な女性を自分の性のはけ口としなければならない《中年》、保守的な人生への移ろいは、光源氏は、もう若くないということである。養女への恋慕は、夕顔の娘の玉鬘(たまかずら)の話に連なる。

源氏は藤壺との間に子どもをもうけたことは、仏神も、大目に見てくれるだろうと思う。まだ若いころの、分別がつかない頃の自分がやったことだから、仏神も許してくれるだろうと思う。厳罰を受けるような重い罪ではないと判断するようになる。《青春》に対して距離ができたからであろう。しかし、息子の冷泉帝にしてみれば、たまったもんではない。

紫式部、清少納言を蹴っ飛ばす！

現存しない『枕草子』の伝本に「すさまじきもの。十二月の月夜、媼（おうな）の化粧」とあり、「ひどいものは、冬の夜の月と老婆の化粧」という意味のことが載っていたとされる。

そこで『源氏物語』の「朝顔」の巻である。紫式部は源氏に、春や秋、桜や紅葉の季節よりも、冬の夜の澄んだ月の光に雪が輝き合っている空模様が、不思議に色というものがないのに身に染みて、この世の外まで思いが広がっていって、趣きもまた、しみじみとした感慨もつくされる時であることだ、と言わせている。紫式部は冬の月の光に照らされた雪の輝きに、《この世の外》まで行く想像力をはたらかせている。色彩のない世界である。

とてつもない紫式部の想像力である。清少納言は生き生きとした才気がはしっている程度としか評せない。『紫式部日記』では、生半可な漢学の知識を清少納言はまき散らしている、と批判している。蹴っ飛ばしている。確かに紫式部の漢学の広大さに比べれば、清少納言は中途半端である。『日本書紀』を始めとする国史も紫式部は読みこなした。だが、よく考えるまでもなく、『日本書紀』は純粋な中国語、正統的な漢文で書かれている。ほとんどが朝鮮半島からの渡来人、外国人が書いたものだからだ。司馬遷（しばせん）の『史記』も読めた。ものすごい分量の史書である。『源氏物語』に使っている。白楽天の漢詩も大好きだった。これも、『源氏物語』に多く使っている。同じく漢文の仏教の経典も数多く読んだ。和歌は『万葉集』から、同時代の歌人の作品まで覚えていて、多く『源氏物語』に引用し、あるいはアドリブで変形し、創作した。そんじょそこらの大学教授ではとうていかなわない。ふつうの小説家だ、などと考えたら、とんでもない。まれにみる《大知識人》である。不世出の、と言ってもよい。

一条天皇の中宮彰子（しょうし）の家庭教師だった。音楽のほうの造詣も深く、『源氏物語』の随所に描かれている。紫式部の生きていた時代には、もうすたれて存在しない楽器まで出てくる。時代考証も正確だった。

誤解を招くといけないから、記しておくと、私は『枕草子』が大好きである。

そして『枕草子』には、紫式部の夫、藤原宣孝（ふじわらののぶたか）も登場している。第一一四段「あはれなるもの」である。九九〇年（永祚二年）三月末、御嶽詣（みたけもうで）をした。御嶽詣は当時、地味な身なりでするのが一般であったのに対して、いや、御嶽の本尊は清潔でさえあればどんな服装でもいいんだ、と反発して思いっきり派手な服装で宣孝は長男とともに参詣した。長男にも自分と同じように色あざやかな服装をさせた。それが人目を引いた。みんなその親子を見た人々は唖然とした。しかし、御嶽のご利益があって筑前守（ちくぜんのかみ）に選任された、という話である。宣孝は明るくて闊達な人柄だったようである。

紫式部の夫の長男と聞いて奇妙に思ったかもしれない。宣孝は紫式部の父とも同僚だったこともあり、紫式部と結婚した当時、三人の妻のほかに恋人もいて、四十五歳くらいで紫式部は三十歳くらいだったとされている。娘を一人もうけて、賢子（けんし）、すなわち大弐三位（だいにのさんみ）を生んだ。宣孝は結婚三年後に亡くなった。

大和魂、蛍の光、窓の雪

「大和魂」は古くは女性の文章に現れる。『源氏物語』が最も早い。「少女」の巻で源氏が息子の夕霧を甘やかすのをきらって、あえて十二歳で、大学に入れる。もちろん現在の大学ではない。光源氏の息子だから、初めから高い身分の子弟として、出世コースに乗せることもできる。しかし、苦労をさせておかないと後々、心配だというのが源氏の考えである。夕霧は低い身分の六位とされて、漢文のきつい学問をさせられる。

「大和魂」は漢文の学問の対極をなすものである。だからといって特攻隊のような男性的な戦意にかかわるものではない。《世間知》に近い。いくら勉強ができても、ダメな人がいる。学問がどんなにすばらしくとも、出世できない人がいる。「大和魂」が欠けているからだ、というように使うのが、「大和魂」だと言えばわかってもらえると思う。

夕霧が入学にあたって中国風の名前をつける儀式で、文章博士や儒者たちが戯画的に描かれる。現代の大学教員とかはテレビ映りがよいように、身なりもよく、応対もわきまえた人が多い。ところが『源氏物語』に出てくる学者さんたちは身なりも奇妙で、学問ばかりしていて偏屈な人たちである。会話でも、言葉遣いが特殊で世間離れしている。漢文の学問、才学のみあって、「大和魂」に欠ける。ただ博士というだけあって、学問の冴えは大したものである。詩作など素晴らしい。

夕霧は、紫式部も読んだと思われる司馬遷の『史記』、百三十巻を二か月で読んでしまう。家庭教師は「大和魂」が欠けているせいか、才能の割には評価されない人である。貧しかったのを源氏が見出して採用した。

また、「窓の蛍」と「枝の雪」という表現で、「蛍の光」と「窓の雪」の起源と思われる中国の故事がひかれる。現在では、苦学して暗い夜にも「蛍の光」や「雪の明かり」で勉強したことをいうとまで説明しなければわからなくなってしまっているかもしれない。今時、「蛍雪の功」などというのは流行らないが、古い世代には懐かしい言葉である。『蛍雪時代』などという受験雑誌があった。歯を食いしばって勉学に励んだ若い時代である。現代の若者は「蛍の光」ではなく、「タブレットの光」だろう。

「束脩（そくしゅう）」という言葉が出てくる。入学の際、教師に送る儀礼の品である。江戸時代にも続いていて、慶應義塾の話で、福沢諭吉が「束脩」を廃止して、授業料に変更した。そのころまで続いた慣習である。

父親を見て、反省、反省の夕霧

1

雲居の雁とのことで祖母の邸宅にいられなくなり、夕霧は源氏の二条院で花散里の世話になる。花散里は決して美人とは言えない。見た目はさえない。しかし、とてもやさしくてきちんとしている。夕霧はひたすらに美しい容姿ばかりにとらわれている自分の恋を反省する。父親の源氏は、このような女性も大事にしているのだ。向かいあって見るかいもない不器量な女性は、自分だったら困ってしまう。実際、源氏も花散里には距離を置いて、気を使いながら接しているようだと、夕霧は気づく。

花散里も源氏との、共寝もしない、兄妹のような関係に満足していた。

2

夕霧は、祖母に叱咤激励される。

男は、取るに足らない分際のものでも、気位は高く持つものですよ。

男だけではあるまい。女もプライドは持たなくては。年少の子どもが、誇らかにしているのも愛らしく感心させられるものだ。人間、老いてもプライドを持ちたいもの。自尊心。人はプライドを徹底的に破壊されると、自殺しかねない。

闇の中で無数の蛍の光に浮かび上がる若い美女の姿態

源氏は皇居よりも豪壮な大邸宅、六条院で華やかな生活を送る。天皇以上の豪勢な生活である。養女の美しい娘に義父でありながら、恋慕の情を抑えきれない。周りには実の娘だと偽っている。夕顔の遺児の玉鬘である。その上、六条院には源氏のすばらしい娘がいるそうだという噂をわざと広めて、貴族の男たちが求愛に押しかけて来るのを楽しんでいる。男たちの手紙が殺到する。源氏は全部チェックして、求婚者たちを選定する。

ある夜、兵部卿宮が玉鬘のもとを訪れる。といっても少し近くによって、ほの見るという程度である。源氏はたくさんの蛍を隠し持って近くに控えて、タイミングを見はからって、さりげなく蛍を放つ。おどろいた玉鬘の表情、そして顔をそらした若い女の姿態が無数の蛍の光に浮かび上がり、兵部卿の宮は、噂には聞いていたが、ここまで美しいととのった女性だとは、と息をのむ。

夏の季節がら玉鬘の衣服が「生絹（すずし）」であったとすれば、肌の透けて見える薄い絹だったことになる。シースルーであり、エロティックである。

玉鬘の返歌も蛍にちなんだものだった。蛍は虫なのに鳴き声はなく、ただ身をこがすだけだ、と。源氏がいやらしいというより、このような趣向を考えだした《作者紫式部》があざとい。

闇の中で無数の蛍の光に浮かび上がる若い美女の姿態

物語は役に立つか？

源氏は五月のうっとうしい時期に、物語に夢中になっている玉鬘に話しかける。女は、まあ、めんどうくさがらず、だまされようと生まれたのですね。たくさんの物語には真実はほんとうに少ないでしょうに、それをわかっていながら、こんなどうしようもないことに一生懸命になって、だまされていることですね、と笑う。こうした物語でなくては、どうしようもない退屈しのぎはできないでしょう。口がうまくて、ありもしないことをいいなれたものが、物語などをするのでしょう、などとからかいすぎて、玉鬘に反撃されて、源氏は、少し退却して、物語の擁護にまわる。物語をけなし過ぎたようだ。実は物語は神代(かみよ)の昔から、この世にあることを書きとどめたものだ。『日本書紀』などの六国史はこの世のわずかばかりのことが書いてあるに過ぎない。

確かに源氏が言うように、日本のことを記した国の歴史書などは、それで充分というわけにはいかない。現代でいえば日本史と世界史の教科書の話である。それで事足りるわけはない。エンタメも、「物語」も、必要だ。アニメとかテレビドラマとか映画とか、フィクションと分かっているもので余暇を過ごし、家族や友だちとの会話も増える。平安時代にはエンタメの代表が物語くらいしかなかった。アニメとかテレビドラマ、映画などは、もちろんなかった。無理な話である。物語は、漢文の六国史などよりも《大和魂》を養っただろう。考えてみればわかる。四角四面の日本と世界の「歴史の教科書」ばかり読んで頭に入れるよりも、アニメとか人気のドラマを見て「生き方を覚え」、友だちと仲よく交流する仕方を身に着けるほうが《大和魂》を体得できる。それが《大和魂》の元来の意味に近かったはずである。

平安時代の物語は、現代でいえば、余暇の活用に最適のものだった。あるいは絵を見ながら読んでもらったりして楽しんだ。当時としては考えられる限り、この世にあることが描かれていた。創作意欲にあふれた紫式部が『源氏物語』を書いたのも、そういった時代の趨勢のなせるわざだった。いつの時代にもエンタメは必要だし、大事である。

どうして主人公は「美男美女」ばかりなのか？

　どうして小説やテレビドラマの主役は、大部分、美女・美男ばかりなのか！　頭にくる、と怒っていた女の子がいた。現実生活でも美男美女はモテる。学校生活でも先生たちに優遇される。会社でも。不公平ではないか。

　いや、人生というものは、もともと不公平にできている。それが当たり前だ。頭がいいとか、運動神経が発達しているとか、人付き合いが得意だとか、誰にでも好かれる性格だとか、いろいろである。

　だが、なんといっても、物語の主役は美男美女である。光源氏はいうまでもない。「野分（のわき）」の巻で、十五歳の夕霧は、紫の上を初めて垣間見る。気高い美しさで、春のあけぼのの霞の絶え間から、樺桜（かばざくら）の咲き乱れた様子を見るような感じがする。紫の上は「桜」にたとえられる美しさである。樺桜というのは「かには桜」、「朱桜」だという。

　それに対して、玉鬘は、紫の上には及ばないが、見ていると自然に笑みが浮かんできて、その美しさはすばらしい。八重山吹が咲き乱れたさかりに、露に濡れた夕映えがふと思い出される美しさである。玉鬘は「山吹」である。

源氏と明石君の娘の、明石の姫君は「藤の花」である。高い松の木から藤紫が垂れ咲いていて風になびいているような美しさである。

若い夕霧はこういった女君たちを、思いのままに朝晩見て過ごしたいものだと思う。ありがちな「ハーレム幻想」である。源氏の六条院は天皇以上に豪壮な大邸宅で「ハーレム」の実現である。

この子は親の恥

源氏のライバル、若き日の「頭中将」は、今は出世して内大臣である。娘を天皇に入内させようとしたが、息子はたくさんいるが娘が少ない。期待した雲居の雁は幼恋で夕霧と関係ができてしまった。仕方がないから、まだ名乗り出ていない自分の娘はいないかと探したところ、近江の君が見つかった。さっそく引き取った。しかし、なんとも育ちが悪く、おまけにとんでもない早口で、常識もわきまえていない。父親の内大臣は、いまさらどうしようもなく扱いかねている。よく見ると顔は似ているところがある。

ただ、その常識はずれな面白さがある。コミカルである。内大臣は、不愉快なことがあるときには、近江の君を見ると気がまぎれるなどと言って、もっぱら笑いの種にしていたが、世間の人々は、内大臣が近江の君を自分の恥だと思っていじめているのだ、などとさまざまに噂していた。

モデルがあるかどうかはわからないが、これも紫式部が創造した人物である。

昔は日本語には「ん」がなかった、「ら」で始まる言葉もなかった

この事実はよく知られている。「ん」の発音はもともとの日本語にはなかった。中国から伝わったのである。『源氏物語』でも「蘭」の花が「らん」ではなく、「らに」と出てくるところがある。「n」の発音を、それに近い「ni」に置き換えたのだ。『源氏物語』より、さかのぼればこのような例はどんどん多くなる。日本語には「ん」の音がなかった。

また、これは辞書を引いてみればわかるが、「ら」の音で始まる単語はすべて外国からきた言葉である。古くは中国語、近代では西欧である。

女は人生で三度、従属する

儒教の影響で、源氏はこんなことを言っている。「女は三つに従うもの」。つまり、まだ嫁にならないうちは父に従い、嫁になったら夫に従い、夫が亡くなったら子どもに従う、と。『儀礼（ぎらい）』という儒教の経典である。《ジェンダー不平等》の極みである。しかし、このような女性の地位の低さは、ごく最近まで続いた。いや、あるいは続いている。女性の参政権は、日本ではようやく八十年近く前に成立し、《ジェンダー差別》は現在も解消にほど遠い。女性の低い地位は世界的に続いてきた歴史がある。『源氏物語』も例外ではなかっただけである。

夫に「従う」のが悪いわけではなく、妻に「従う」こともあるという、パートナーシップが大切だということだろう。父親とも母親とも、子どもとも協調して、パートナーシップを重視するということである。

玉鬘の悲劇的結婚、平安時代的

「書かない凄さ」、省略する凄さは紫式部の武器である。玉鬘は源氏の若かりし頃の恋人、夕顔の娘で現在は源氏の養女扱いだったが、中年の源氏にねっとりと迫られる。たくみにそれをやり過ごしていた。源氏の六条院にとてもすばらしい女性がいると噂になって、求婚者があいついだ。その中では源氏の弟の蛍兵部卿宮が気に入っていた。

そしてその現場はまったく書かれないで、「真木柱」の巻の冒頭で、いきなり玉鬘は髭黒の大将と結婚が決まってしまっている。肉体関係が既成事実化しているのである。玉鬘に仕える女房が髭黒を手引きして、髭黒はレイプしたのである。これで結婚は成立である。早い者勝ちである。

天皇に仕える話もあったので、源氏は噂を広げないように指示する。しばらくたっても玉鬘は髭黒が気に入らないままである。少しもうちとけず、思いがけなく情けない運命だったのだなと沈みこんでいる。髭黒はひどくつれないと思いつつ、玉鬘との縁を心からうれしく思う。見るからにすばらしい容姿やありさまを、ほかの男に奪われていたならと、命の縮む思いであった。手引きをした女房は玉鬘に疎んじられて、自分の家に退散してしまった。源氏も悔しい。不満で残念がるが仕方ないので、結婚の儀式をとどこおりなくしてあげた。

髭黒は年上で精神疾患の妻を離婚する。当時も「離婚」はあり、である。

この玉鬘の結婚の経緯は、ひどく平安時代的である。玉鬘はこれで自分の結婚をいやいやながら受け入れるしかない。悲劇である。

男の性欲処理のための女、召人

『源氏物語』の「藤裏葉（ふじのうらば）」の巻で夕霧は、長年の恋仲である雲居の雁との結婚がゆるされる。時に夕霧、十八歳。現代でいえば満十七歳である。

雲居の雁の父親の内大臣は夕霧が「誠実で長年、ほかの女に心を移すことなく過ごしたことをなかなかできることではない」と感じいる。ところがその場面の直前に「（夕霧が）軽い気持ちで情をかけている若い女房の中には恨めしいと思うものもいた」とある。よく考えてみて欲しい。「軽い気持ちでセックスの相手にしていた若い女房たちへの関係」はないも同然である。おそらく複数人であろう。まるで正式の結婚の相手にはならない女たちである。侍女である。光源氏や夕霧のような階級社会の頂点にいるものからすれば、女たちはおもちゃなのである。おもちゃとのセックスは数のうちには入らない。

だから雲居の雁の父親は「誠実だ」と感心する。召人は、そもそも《階級差別》を受けている。「性的な対象」ではあるが、まちがっても「結婚の対象」ではない。「一人の女性」として尊重などされない。これが平安貴族社会の現実である。そして、惟光、つまり若い時からの源氏の腹心の家来だった惟光の娘は別格である。夕霧は惟光の娘の藤内侍（とうのないし）と以前から関係があり、第二夫人として尊重してゆくことになる。

だが、召人にも例外がある。源氏が須磨に都落ちする前には、一人の召人と一夜を過ごしていた。よほど私的に魅かれたからであろう。だからといって、特別に扱われはしない。《階級差別》が厳しくて越えがたいものであるのは、明石の君の扱われ方に一番切実に感じられる。自分の娘に親しく接することが、身分上、できない。親と子の関係も階級にはばまれるのである。『源氏物語』は厳しい階級社会の物語である。「藤裏葉」の巻は、『源氏物語』の第一部のおしまいの巻であり、明石の君は低い扱いながら皇太子の妃になる娘の世話役の女房として、娘、明石姫君（あかしのひめぎみ）と暮らすことになる。これはめでたしめでたし、である。

源氏自身も天皇に準じる地位、准太上天皇（じゅんだじょうてんのう）となり、事実上の息子の冷泉帝、兄の朱雀院が源氏の六条院に会する。『源氏物語』の第一部の構想はここで終わっており、紫式部はもう一度、新たに構想を練り、第二部に移ってゆくことになる。そこでは源氏四十歳である。

part 2

あどけない高貴な幼女という時限爆弾

源氏は天皇と同じ位になって、ほぼ野心・欲望は満たされてしまった。四十歳になったお祝いの儀式も、それぞれのところから多く、豪勢にしてもらった。兄の朱雀帝が隠棲しようとして、女三宮（おんなさんのみや）を源氏に嫁、兼養女として預けることになった。女三宮は十三、四歳である。今日でいえば十二、三歳の嫁である。源氏が四十歳というのは今日の五十歳を超えるであろう。元天皇家からの嫁であるからこれ以上ないほどの盛大な儀式の婚礼である。源氏は高貴な身分の女への欲望を捨てきれなかった。実際にもらってみると、幼稚でもの足りない少女で、結果、がっかりである。寝てみてもがっかりだった。三晩、しきたり通りに通ったが、それが精一杯。正妻、というか第一夫人の座を脅かされ、苦悩している紫の上のほうがほんとうにいい女だということを再確認することになる。しかし、もらってしまった女三宮をこのまま抱え込まなければならない。

女三宮は紫式部が第二部を展開しようとして発明した爆弾であった。源氏のとどまることを知らない、女への欲望は破滅への引きがねである。均衡を保っていた源氏の六条院は、ぐらつきだす。なるほど六条院には真に高貴な生まれの女はいなかった。そこに取るに足らない幼稚な女が、身分が高貴だというだけで居すわる。現代ならば、どんな階層出身だろうが、いい女はいい女であり、いい男はいい男である。『源氏物語』の世界では《出身階級》という固定観念がある。時代が時代だから当然だ。現代でいえば、超有名大学出身という差別化もあろう。「パワーカップル」という言葉もある。エリート同士のパートナーに近い。

源氏は「これでよい。これで充分だ」ということを知らない。私たちの多くもそうであろう。光源氏とまでは到底いかないまでも、それなりの「限度を知らない欲望」を多かれ少なかれ持っている人がいる。仏教で言う《煩悩（ぼんのう）》である。一般に現代人は「欲を持て。夢をかなえろ」と言うが、仏教の教えは「欲望を捨てる」ということである。「煩わしい悩み、煩悩」から逃れることである。そういうライフスタイルを獲得する人生の技術である。とめどない欲望の動きを克服できれば、人生がすっきりする。平安時代では、「出家」して初めてそうなる。「人生の舞台から降りる」ことが、「出家」である。

源氏は欲望に突き動かされて、破滅の道に向かう。女三宮と三晩、寝てみるだけで、あ、わが人生の大失敗だと悟った時は、もう遅い。やり直しのきかない状況に追い込まれてしまう。気がついた時には坂道を転げだしている。おまけに相手は女三宮という人間である。女三宮の親、兄の朱雀帝への義理も重い。世間の眼もある。それは紫の上も同じである。今まで安泰だと思っていた「妻の地位」が奪われる。六条院という大きな邸宅の内部でのことであるけれど、紫の上は源氏を女三宮のところに行く世話をしなければならない。自分のところにひきとどめておくと周囲から紫の上が女三宮のところへ源氏が泊まりに行くのを邪魔しているように思われる。そうでなくても紫の上は事態にどう対応するのだろうと世間では、スキャンダルが起きはしないかと興味津々で注目している。紫の上はそういった状況に耐えながら源氏を後押しして送り出す。苦悩のあまり眠れない。すると女三宮のもとにいた源氏の夢に紫の上が現れる。紫の上の性的なエネルギーが伝導したのだと思う。源氏はそそくさと女三宮のもとを後にする。

この女三宮が爆弾だというのは、結局、源氏の子どもではない子を産むことになるからである。幼くてガードがあまい。ほとんど源氏にとっては、かつて幼い紫の上を養育した経験を思い起こさせ、ただ、紫の上ははるかに利発で鋭敏だった。その紫の上を養育し一人前にしたという点を見込まれて、兄の朱雀帝からあずけられた。しかし、幼いながら紫の上には強烈に魅了されるものがあったが、女三宮は何もない。高貴な生まれだというだけである。あげくのはてには源氏と紫の上がそろって、女三宮のおままごとに付き合いながら養育することになる。それでも女三宮は源氏の第一の妻である。源氏と紫の上の養女という関係になったことで、紫の上との対立関係は周囲からあまり問題とされなくなる。苦慮した紫の上はできた人だ、さすがだということになる。

女三宮の婿の候補は何人もいた。源氏の息子、夕霧の他にも同世代の柏木(かしわぎ)もいた。太政大臣の息子で、女三宮に恋着したあげく子どもを産ませてしまう。だから何も源氏が嫁にもらわなければならないわけでもなかった。なりゆきでそうなったとも言える。もちろんいろいろストーリー上のあやはあるけれども。

誇大妄想の明石の入道、明石の君の父親

『源氏物語』の展開上は、物語の流れにそって読んでいけばごく自然なことに思えるけれども、ちょっと身を引いて考えると《紫式部の誇大妄想》と思える設定がある。明石の入道の孫娘が皇后になり、その息子が天皇になるという霊夢とその実現である。『源氏物語』という《物語》が、そもそも誇大妄想の産物で、光源氏という主人公も現実には存在しえないが、超イケメンで卓越した能力を持つ人間はどこかにいそうである。

明石の入道の霊夢は仏教的な本質であり、「須弥山(しゅみせん)」が出て来て、それは大海に存在する高山である。その須弥山を右手に掲げて、山の左右から、日月の光がさやかにさし出でて、自分自身は山の下の影にかくれて光にはあたらない。そんな夢を娘の明石の君が産まれる年の二月に見たという。日月は、太陽が天皇で、月が皇后である。

孫娘の明石姫君(あかしのひめぎみ)が男子を出産したという朗報を聞いて娘の明石の君に右の内容の手紙を届けた。この仏教的な霊夢は、当時の仏教思想の大流行の真ん中にある。『源氏物語』には当時の多様な仏教の受容が見て取れる。この手紙の内容を知った結果、明石姫君は今ま

では、育ての親の紫の上に慣れ親しんでいたが、産みの親の明石の君を再認識し、祖母を含めて絆を深めるようになる。やはり子どものない紫の上は悲しい。

ともかく明石の入道は霊夢を見て以来、夢の実現を一心に念じて自分の仏道修行をよそにして祈願してきたという。世間的には財産はあるが偏屈な変人として見られながら、宿願を抱き続けて生きてきたのである。平静に考えれば奇妙奇天烈な霊夢と野望のために生きたのである。平安時代にしても、時代常識として、誇大妄想的な《夢》のために生きたというのは、おとぎ話である。振り返ってみれば、源氏が須磨に流された折に夢に父の桐壺帝が現れたなどというのも空想的である。元来、「《物語》を楽しむ」ということはこのような、ふつうありえない事柄を受け入れつつ楽しむということであろう。『源氏物語』の第三部、宇治十帖になるとこのような「奇想」はなくなる。宇治十帖が多くの読者の高い評価を得るゆえんである。明石の入道は自分の寺から、山奥の峰に行ってしまう。

健康より色気

さて明石姫君は無事、男子を出産した。明石姫君は東宮、皇太子の妻なので、ゆくゆくは皇后、息子は天皇である。明石の入道の日月、「天皇と皇后」である。もう明石姫君、ではなく、明石の女御と呼ぼう。女御はこの時、十三歳。現代の十二歳。これで出産したのだ。女子にも発育の早い子と、成熟の遅い子がいる。それにしても十二歳の出産はたいへんだ。女御は出産のために六条院に里下がりしていた。夫の東宮は、その間、宮中でものさびしい。女御に早く会いたい。無事出産して間もないのに、早く戻れとの催促がくりかえされる。女御はもうしばらく産後の養生をしたい。

女御の外見は、産後なので、少し顔がやせ細った感じで、かえってたいへん優美な様子である。母の明石の君は心配で、このようにまだ快復しないでいるので養生させてから、夫の東宮のもとへ、と言う。

源氏は、女御がこのようにほっそりとやせて見えるのが、かえって東宮には魅力的だろう、というようなことを言う。いやはや。

夕映えの満開の桜を蹴鞠が散らす

蹴鞠は複数の人数による、サッカーのリフティング・ゲームである。この場面では、柏木が華麗なさばきを見せる。源氏も柏木の父親の太政大臣に、若かった時、かなわなかったと感想を述べている。万能のように見える源氏にも、それなりにしかできないことがあるのだ。太政大臣は、昔の頭中将である。

桜も満開で、夕映えが美しい時、若い貴族たちは蹴鞠で盛り上がっている。柏木は夕霧とともに、腰を下ろして一休みしている。と、その時、ひもにつながれた小さい唐猫が、走ったはずみで御簾が大きく開いて、柏木の眼に美しい女三宮がまる見えになる。その姿に柏木はうっとりとする。若い貴族たちは蹴鞠に夢中で、桜の花が散りかかるのもおかまいなしである。夕日かげで春の雰囲気である。そばにいた夕霧は、まずい、と思ってせきばらいする。女三宮はそっと姿を消した。柏木はまちがいなく女三宮だと思い、胸がどきどきする。柏木はさりげないふうをよそおっていたが、そばにいた夕霧は、気がついて心配になった。柏木はやり場のない心のなぐさめに猫を招きよせてかき抱くと、とてもいい香りがして、かわいらしく鳴くのにも、恋しい女三宮が思われる。切ない気持ちが深まる。

一方、夕霧は、こんなに幼稚でガードもあまいから、父の源氏は女三宮に対しての思いが表面的で浅いのだと軽蔑する。やはり、内にも外にも心くばりが足りない幼稚な人は、かわいいようだけれど、安心できないと思う。夕霧と柏木の違いは、夕霧が紫の上の美しさも人としてのすばらしさも知っているということである。しかし、柏木の思いはますます強まって、「前世からの因縁」で結ばれているとまで思い込むようになる。

理屈を言えば夕霧のようにもなるけれど、結局、私たちが経験するように、なんであの女がいいの？　なんであの男なの？　というように男女関係も、人間関係も、よくわからないものである。紫式部はそれを柏木の視点と夕霧の視点からと描き分けているに過ぎない。恋は本質的に主観的なものであろう。いくら客観的に助言したところで、好きなものは好きなのである。

紫式部は念押しする。女三宮は以前から源氏に、夕霧に姿を見られるなどということがないようにと注意されていた。今回のことがあって、女三宮は見られたことよりも、源氏にしかられることをおそれ、おびえる。まるでねんねである。しかられることがこわいあまり、見られたということの危険性は二の次になってしまう。このような幼稚さが悲劇をまねく。

源氏は天才芸術家？　ダ・ヴィンチ？

源氏は絵を描くのも天才的だし、音楽の才能も凄い。レオナルド・ダ・ヴィンチという名前は、ヴィンチ村のレオナルドだと昔の、高校の美術教師が言ったのを今でも記憶している。そうするとレオナルド・ダ・ヴィンチを「ダ・ヴィンチ」と呼ぶのは少々変な気がする。ともかくも、ダ・ヴィンチがゲイであったことは、描かれた男性像のエロティックなことでよくわかる。あるいはバイセクシャルであろう。既述したように、平安時代中期の『源氏物語』では、美しい男性は女にしてみたい、と表現するのが一般的であった。『源氏物語』の中では母親の藤壺も息子を女にしてみたい、とその美しさを感じていた。ダ・ヴィンチは生涯独身であった。しかし、『源氏物語』の感性からすると特別なことではないのかもしれない。皆、エロスに取りつかれれば同じだ。性同一性障害は《障害》ではない。《障害》と呼ぶのは間違っている気がする。人と違うことが《障害》とひとくくりにされるのはおかしい。「性的な志向」がほかの人と違うだけだ。

ダ・ヴィンチは音楽にも優れていたといわれる。源氏も優れている。朱雀院が五十歳になって祝賀を催そうということになり、「女楽（おんながく）」、女性による音楽会を開くことになった。音楽会としてすばらしいのはもちろんであるが、朱雀院の娘の女三宮がメインである。女三宮が父親に再会するのは七年ぶりで、現在、二十一、二歳である。全体を統率するのは源氏である。女三宮の指導に源氏は多くの時間を割く。女三宮のところにばかり源氏が行っているので、紫の上はさびしい思いをする。それでも源氏は、朱雀院をがっかりさせるわけにはいかない。紫の上は源氏との長年の生活の中で「和琴（わごん）」と「箏の琴（そうのこと）」を習得している。明石の女御も「箏の琴」、そして母親の明石の君は「琵琶」の名手である。女三宮は「琴の琴（きんのこと）」である。

源氏は言う。「すべてのことは、その道その道について師に習い学んでみるならば、才芸というものは、どれも際限というものがないと、たびたび思われて、自分としてもこれでいい、満足だという限度もなく、技術を習得しようとすることは、ほんとうにむずかしいけれど」と源氏は続けながら、「いや、なに、その奥深い理解が深い人が、今の世の中にはめったにいない」と、源氏は言い切る。

これは当時音楽の達人、音楽をきわめた専門家よりも、源氏のほうが、よりその道の深さをきわめていなければ、出てこない発言である。『源氏物語』はフィクションであるが、こういう設定は紫式部の自信の裏打ちがなければできないことである。『源氏物語』を読むとあちらこちらで紫式部の音楽の素養の深さが実感される。紫式部は源氏に「琴の琴」

こそがむずかしく奥深いものだと言わせている。「ほんとうに伝授された弾き方そのままを探究し習得した昔の人は、天地を揺り動かし、鬼神の心をやわらげ」と源氏の言葉は続く。これは日本最古の「ひらがなでの文芸批評」という画期的な『古今和歌集』の「仮名序（かなじょ）」の影響を受けている。「仮名序」の作者は紀貫之（きのつらゆき）。日本初の「ひらがなの日記」の作者でもある。この「仮名序」には、『伊勢物語』の主人公の在原業平（ありわらのなりひら）、小野小町などが出てくる。小倉百人一首をあげるまでもない。この「仮名序」はネタ本があるという。中国最古の詩集、『詩経』の「大序」である。『詩経』は儒教の祖、孔子が非常に重んじ、愛唱した。孔子は紀元前五百年ごろの人である。紫式部より千五百年前である。孔子は『源氏物語』にも名前が出てくる。紫式部が最も親しんだ漢詩は白楽天のものだと思われる。中宮彰子に家庭教師したのも白楽天。ちなみに、白楽天の漢詩の影響で、「もみじ」が万葉の時代には「黄葉」だったものが、「紅葉」に変わった。巨視的に見て『詩経』の「大序」、『古今和歌集』の「仮名序」、『源氏物語』となる。『古今和歌集』から『源氏物語』までは、百年ぐらい時間の経過がある。

『古今和歌集』の「仮名序」の和歌の効用論が、『源氏物語』では、「琴の琴」の効用論に転用されている。詩、和歌、音楽でも、芸術の効用は皆、同じである。源氏の言葉の続きを引用してみよう。「琴を弾くと悲しみの深い者の気持ちも喜びに変わり、賤しく貧しい者も高貴な身に改まる」などということである。

現代でいえば、詩歌や小説、絵画や音楽、映画など芸術一般のあたえる心の浄化作用、カタルシスである。心の奥底から、深みから、感情に深くうったえるのが《美》である。作品に没入、深々とひたされると、「我を忘れる」、「鑑賞している〈私〉がいなくなる」ような凄まじい経験が感動することである。単なる、知的な経験ではなく、情念的なものである。「夢中になること」は現実の自分を失って《夢の中》の世界に入ってしまうことである。恍惚となる、気持ちのいい、ハマってしまう経験である。大昔の人は、このような大きな感動を表現しようがなくて、「天地を揺り動かし、鬼神の心をやわらげ」云々と表現したのであろう。

誰も悪くない悲劇

「女楽」のリハーサルが終わった後、源氏と紫の上はしばしば語り合った。紫の上を幼い時に引き取ってから、暇がなくて、じっくりと琴などの指導をすることもなかったのに、ほんとうに素晴らしく上達して、夕霧も感嘆していたなどと源氏は言った。音楽はもちろん、源氏の孫たちの世話も行きとどいていて、なににつけても至らないところのない紫の上のような人は、短命であることが多いと聞いて、源氏は不安を覚える。紫の上は今年、三十七歳で厄年にあたっていた。三十年間にわたるともに暮らした歳月がかえりみられた。源氏は厄年にあたる紫の上を思いやって、精進して仏事などのお祈りもいつもより念入りにするように話した。源氏は、自分自身としては母親に先立たれたり、父親の桐壺帝に先立たれたりなど、たいへんだったが、として、源氏は紫の上に対して言う、あなたは私の須磨・明石への流離をのぞけば、後にも先にも、物思いらしい物思いもせず、心を乱すようなことはなかったと思う。天皇の后や女御などは重んじられているといっても、皆、必ず不安な思いをするものである。究極の身分の高い交じらいをするにつけても、心が乱れ、ほかの人と争うという思いがたえず、心が休まるということがないのに、あなたは親の家で大事にされて育てられたようなもので、気楽なものだ。その点、ほかの人より恵まれた運命だとはわかっているのか。女三宮がこうしていることは、いかにも苦しいかもしれないが、それにつけてもいよいよあなたへの思いが深まってきたのを感じてはいないのだろうか。あなたはものの道理をわきまえた人なので、いくらなんでもわかってくれると思う。

紫の上はそれに対し、身寄りもないようなこの私には、良すぎる境遇だと世間では思うだろうが、心には耐えがたい嘆かわしさばかりが感じられるのは、それでは私の長生きのための方法は、私自身の息災を願う祈禱だけであったのですね、と言いながら、以前にもお願いしたことのある自身の「出家」を切り出すのであった。紫の上にしてみれば、自分には子どももなく、源氏の子を産んだ明石の君に圧倒され、今度は、高貴な身分この上もない女三宮に圧倒され、いくら円満な性格でも耐えきれなかったのである。平安時代の常識であるから、源氏のような高貴な身分の男性がハーレムをつくるのは仕方がないことであった。紫の上は多くの女性たち、源氏の女たちと競って生きてきたのであった。もうこんな人生は嫌であった。人生の舞台から降りたかった。これ以上の心労には耐えられないと思った。だから「出家」なのである。

繰り返しになるが、源氏にとって数多くの女性と関係し、六条院というハーレムをつくることは当然のことであった。この「常識」が《制度》と私が呼びたいものである。一昔前は、LGBTQは社会から排除され、批判の対象になるのが当然であった。今もなお残存している。この「常識」が《制度》である。人々の心に深く食い入っているものである。「無意識」を支配している。だから、それじゃだめだ、と指摘・指弾されるまでは、普通のなんでもない「当たり前のこと」だと感じてしまう。源氏も当たり前の生活をしていると感じている。しかし、《制度》は紫の上を苦しめた。

紫の上は「出家」したいと願い出た。源氏は「絶対だめだ」と許さなかった。あなたとの普通の生活は、私にはかけがえのないものだ、明け暮れに感じる、あなたとのむつまじい生活だけは失いたくない。どんなに私があなたのことを想っているか、見とどけてください。紫の上は、ああ、またいつもの言葉だと、涙ぐむ。それを源氏は、かわいそうに思って、あれこれとなだめすかす。

ところが、である。源氏は紫の上を相手に過去に肉体関係のあった女性たちを回想する。結局は、ほかの女性よりも紫の上が一番すばらしかったということを言うためである。源氏の「女性の展覧会」である。話には「今も昔も、本気でない心のおもむくままで、つらい目にあうことも後悔することも多い」と。そして、あなたのやきもちは愛らしかったですよ、と話をしめくくり、女三宮のところへ寝に行く。

源氏のいない夜を過ごす紫の上は、いろいろな物語を読んできたが、どんなに浮気で色好みな男でも、最後はひとりの女性に落ち着くものだ。しかし、源氏はそうじゃない。私は人が耐えがたく満たされないとする、物思いがつきまとって離れない身のまま、私の人生は終わってしまうのだろうか、にがにがしい、などと思いながら眠ったあと、発病してしまう。長い闘病となる。

柏木、源氏のハラスメントで病死

紫の上は病状が悪化し、長引いて、六条院から二条院に移って療養する。源氏も紫の上付きの女房たちも皆、二条院へ行ってしまった隙をねらって柏木は女三宮に迫る。最初はもの越しに話をするだけのつもりだったのが、おびえて何も言わない女三宮をレイプしてしまい、懐妊させてしまう。

女三宮に柏木を手引きした侍女がいるのだが、そもそもこの時代、レイプはありがちで、そういった男女の結びつきは多かったろうと思われる。玉鬘と髭黒の場合もそうであった。女性は顔や姿を見られることをほぼ完璧に避けていたし、柏木も女三宮の顔を見るのも夜明けの薄明りの中でといった具合である。現代のように女性が顔や姿を男性たちの前にさらして、はっきり自分の好みの男性に近づく社会ではない。源氏が女三宮を嫁にする場合も、結婚して初めて相手を知ったのであった。

柏木はもとの太政大臣の長男で朱雀院にも可愛がられていた。藤原氏の一族の将来を担う若者として期待を集めていた。源氏にも可愛がられていて、天皇家とか貴族社会は自分の庭のようなものだった。弟たちもいて、皆優秀で、柏木が統率していた。幼い時から、向上心が人一倍強くて、なににつけても努力して、政治の方面でも、音楽やわたくしのことでも、ひととおりではなく野心を持っていた。

柏木は自分の生きていく世界がよく見えていて、自分のポテンシャルの大きさも自覚できた。自信があった。しかし、あることがきっかけで自分の限界を感じることが、一度ならず重なった。天皇家や自分の属する貴族社会の本質のようなものも見えてきて、むなしさを感じるようになった。あじけなく思うようになった。しかし、両親や家族の期待は裏切ることができなかった。女三宮という高貴な純血種の女性を自分のものにすることができなかったので、それよりも高貴な血筋という点では劣る女二宮（おんなにのみや）を嫁にもらったが、鬱々として楽しまない。天皇家と貴族社会の実態が手に取るように見えて、しかも自分の思うままにならないということに、うんざりしたせいであろう。柏木は、ひたすら夕映えの桜の舞い散る春に見た《女三宮の幻影》を恋い慕い続ける。この恋は六年間も続いてのレイプだった。柏木は《幻影》をレイプしたのだ。

この柏木と女三宮の関係は、柏木から女三宮への手紙が源氏に見つかって、ばれる。源氏が二条院の紫の上に長期間、看病し続けの時の女三宮の妊娠だったので、源氏は何気ないふうを装って周囲に気づかれないようにするが、大きな衝撃である。かつては朱雀帝のいいなずけ、朧月夜を寝取ったと言っていい源氏であるが、今度は寝取られ男になってしまった。もっとも父親の桐壺帝の妻の藤壺に自分の子どもを産ませた源氏であるから、柏木の子どもの薫（かおる）が産まれた時には、因果応報、罰が当たったかとも思った。だが、ほんとうに因果応報であるかはわからない。ただの偶然かもしれない。いずれ作者紫式部の仕組んだことである。

柏木は源氏の怒りを恐怖するあまり、「空に目があってにらまれる」ような気がする。《天眼》である。自分が、自分の魂が、天の眼によってにらみ殺される、そんな気がしてたまらないのである。《天眼》はキリスト教圏でも知られている。小林秀雄の研究者、権田和士は、『言葉と他者　小林秀雄試論』（青簡社　二〇一三年十月）で、秀雄がゴッホの複製画を見てうけた強烈な衝撃で体験した《天眼》をキリスト教由来と説明している。秀雄は強烈な感動でしゃがみこんでしまった。類似の心理現象ではあるが、文化時代的な違いがあるから単純な比較はできない。柏木はあまりの恐怖に衰弱して病気のようになる。

源氏は朱雀院の五十歳のお祝いの儀式のリハーサルに尽力してくれたとして、柏木に酔ったふりをして、しつこく盃を何度も何度も強要する。そして皮肉をあびせる。ただでさえ弱っていた柏木はやっとのことで宴会を抜け出し、病臥してしまう。源氏にとっては、《人生最大の恥辱》であった。老人のいやらしさでしか応対できない出来事であった。

柏木は「源氏のハラスメント」によって病気を重くし、死ぬのである。柏木が女三宮に子どもを産ませたということは、「死に値する」ことであろうか。源氏はリベンジをして、結果、柏木を殺すのである。これは正当な行為であろうか。

老人といえば、源氏は、柏木の子どもが生まれた時、「あああ、私の命が残り少ない時になって、これから生きていこうとする人であるのか」と言いながら抱っこした。この時点では、すでに柏木は死去し、女三宮は朱雀院が来て出家させている。「出家」ということは、夫婦としての仲が終わりということである。ただ、女三宮は源氏の正妻であるから、生まれた子どもの薫は正式の跡取りということになる。源氏の豪勢な六条院は空洞化し、薫という新しい芽が育つ。

私は実に不思議なことだと思うのだが、源氏は書かれていない女性を含めると、実に多くの女性たちと交わっている。しかし子どもは数少ない。この子どもの少なさは『源氏物語』の最大のフィクションであると思う。紫式部は、子どもが多すぎては、物語として成立しないと計算したのではなかろうか。『源氏物語』の初めのほうで予言されていることだから仕方ないと思うが、男性の生理機能としては実に不自然きわまりないことである。子どもは、冷泉天皇、夕霧、明石の女御のたった三人である。

出家した母とその子

当時の女性は「出家」したからといって、瀬戸内寂聴さんのように剃髪して坊主頭になるわけではない。髪の毛を短めに切りそろえるだけである。源氏には今はまともにも姿を見せたりせず、たいへんかわいらしく可憐な額髪、顔つきのかわいらしさなど、ただ幼子のように見えて、とても愛らしいのを源氏は目にするにつけても、どうしてこんなことになってしまったのかと、若い女三宮を出家に追いやってしまったことに、罪作りなことをしてしまったと思う。

幼子の薫は無邪気でとてもかわいらしい。口つきは愛らしく、目もとがのびのびとして、こちらの気が引けるくらい匂い立つ感じなどは、けぶるような美しさがただよい、父の柏木を思い出さずにはいられないが、柏木にはこのように際立った高貴な感じはなかった。どうしてこのようなのだろう、母の女三宮にも似ていない。高貴な様子は血のつながりがないのに、源氏は自分の美しさに似ているような気がする。

苦しい源氏

柏木の一周忌になっても人々は死を惜しんでいる。源氏も好感の持てる人が亡くなるのを惜しむと同時に、さらに柏木は生前、朝に夕に親しんだ人だったので、女三宮に密通したことは許せないと思うものの、弔意を厚く表し、志を薫の分として黄金百両を別に差し上げたりした。柏木の前の大臣の父はその事情を知りようもないから、かしこまってお礼を申し上げていた。

源氏は薫の相手をしながら、この子が生まれてくるための前世からの約束として、柏木と女三宮の思いがけない密通事件もあったということなのだろう。逃れがたい運命だったのだろうなどと思い直すのだった。

一方、夕霧は、柏木が早くから女三宮に思いを寄せていたことに気づいていたこともあって、源氏の六条院を訪ねた時、薫が柏木に似ていることから、柏木の子どもだと確信する。柏木は死が近かった時、夕霧に、源氏とトラブルがあると遺言していた。夕霧は、源氏はどう思っているのだろうと知りたく思う。夕霧は柏木から遺言を聞いたと源氏に打ち明ける。柏木は夕霧に女三宮との密通まで打ち明けたわけではなかったので、「どういうことだったのでしょうか。いまだにその理由が分かりませんので、気がかりです」と言った。源氏も、思った通りだ、と思うけれど、まさか柏木と女三宮が密通して薫が生まれたなどと自分から言うわけにもいかず、「私自身にも思い当たらない」というような話で終わった。源氏、五十歳。

夕霧はストーカー

夕霧の親友柏木は妻の女二宮（落葉の宮）を残して亡くなってしまった。落葉の宮は母の一条御息所と生活していた。柏木の未亡人になった落葉の宮に夕霧は心がひかれていく。そもそも天皇の娘、皇女というのは結婚しないのがふつうである。この時代、歴史上も九割ぐらいは結婚していない。相手が天皇の血筋よりいやしい臣下になることをきらったためであろう。落葉の宮の母の御息所も柏木との結婚に反対したのだが、父の朱雀院も周囲も皆、賛成したのである。結果、柏木が病死して未亡人になり、皇女としては世間体の悪いものとなってしまった。二夫にまみえる、再婚するなどというのは究極の屈辱である。

夕霧は心を痛めている母娘をなぐさめに法事などのたびに足しげく通い見舞った。もちろん訪問しても、応対するのは御息所で、それも面と向かってではなく、もの越しに、間を隔ててで、ましてや落葉の宮の声など聞くこともできない。

また都合の悪いことに、柏木は、夕霧の妻、雲居の雁の兄である。柏木の父とも顔見知りである、という以上に義父である。しかし、夕霧は落葉の宮にほれてしまった。義理の兄の未亡人である。柏木の弔問にかこつけてたびたび落葉の宮の母を相手にする。

というのも夕霧は父の源氏と対照的に、女性に対してきまじめでゆうずうがきかない。真面目過ぎるキャラである。弔問を口実に愚直に母の御息所と交わるだけである。娘には直接的にアプローチできないから、故人をしのんで母親を弔問するという形で攻める。そのうち御息所は、もののけに取りつかれて、つまり病気になって小野の山荘に移る。優れた坊さんに祈禱をしてもらうためである。引っ越しの手配も夕霧がぬかりなくする。

移ってからも財政的な援助までする。病気の母に代わって落葉の宮がつつましく礼状を届けるが、その筆跡を見て、夕霧はますます思いをつのらせる。この時点で柏木の死から二年が過ぎている。それだけ長い時間、不器用に攻め続けたのである。ほんとうに真面目人間の根気強さである。

夕霧は小野の里を訪れて、直接に会うことはできないものの、狭い山荘で、落葉の宮の気配だけは感じとれる。侍女を通してのやり取りであるが、家が狭いから音などが聞こえる。タイミングを見て、侍女が中に入る後に続いて夕霧も中に入ってしまった。落葉の宮は気味が悪くなり、奥に入ろうとするが、夕霧に着物をつかまれてしまう。そのまま落葉の宮をくどき続けるが、そんなにまで見下されたのかと、落葉の宮は聞き入れない。夕霧はくどき続けながら、不器用さから直球、ストレートの危険球を投げる。男というものを知らないあなたではないのにと、結婚を知っている女だと気安げに語りかけ、私と再婚してくれと迫る。しかし、強引な行為（レイプ）はせずに一夜を明かす。このことが病状のよくなった別室の御息所の耳に、翌日、入り、二人は結ばれたと思い込み、結婚だとすると三夜続けて来るのが儀礼だとあせり、病状を悪化させる。

帰宅した夕霧は、御息所の瀕死で書いた手紙を妻に奪い取られてしまい、そのまま二日目をやり過ごしてしまう。小野の山荘では御息所が、夕霧からの返事さえなく、結婚第二夜が過ぎ、三日目に手紙だけが来て、結婚第三夜さえ夕霧は来ないと悲嘆して、息絶える。落葉の宮は夕霧のせいで母が死んだと思う。四十九日も過ぎたが落葉の宮は小野の山荘で母をしのんで生きていく覚悟である。四十九日の法事も夕霧がとりしきった。

ところが世間の噂では、夕霧との関係が既成事実化されており、父の朱雀院も落葉の宮の小野の山荘住まいには反対である。女三宮が出家して、お前までもか、ということである。第一、財政基盤がない（今で言えば、金がなくて生きられるか！）。しかし、父の朱雀院は知ってはいるだろうに夕霧のことには触れない。

夕霧は落葉の宮がかつて生活していた一条宮に手を入れて整備し、落葉の宮を迎え入れるようにした。いやいや帰ってきた落葉の宮は、塗籠（物置き）に閉じこもったが、侍女に手引きされて夕霧が入り、結ばれた。夕霧は、御息所が誤解して落葉の宮と関係があったと思い込まれたのなら、それもよい、既成事実化したなら、その通りにしてやろう、と開き直ったのである。まさに愚直に誠実さをつらぬいたのである。若かりし光源氏にはありえない行動である。源氏ならばこのように時間を二年以上かけて母から攻めて娘をものにしようなどと回りくどい道は選ばない。しかも親友の未亡人を……。

結局、落葉の宮の感想としては、前の夫の柏木は、自身、それほどイケメンでもないくせに、私の容貌が気に入らないようだったのに、夕霧は美しく、私の容貌には何の不満もない、と感じられた。私に不満足だった柏木と違って私に好感を抱いてくれているのが夕霧だ。結ばれた後、落葉の宮は実感した。

紫の上はもっとも純粋で美しい女性として死す

紫式部は源氏と紫の上のどちらを先に死なせるかについては、『源氏物語』の構想上、なんの迷いもなかったと思われる。

それは登場人物として紫の上を源氏以上に愛したからだ。その証拠に、なるほど源氏はこの上もなく高貴な身分でたぐいまれな才能があるものの、物語の中では、あれこれけなされる。紫の上はそんなことはない。紫式部に完全に保護され、愛される。紫の上はその美しいままの姿で源氏にも死をみとってもらわなければならない。

そういう運命を紫式部は紫の上に与えた。仏教を志す紫の上を出家させないのは、源氏のエゴである。

紫の上に子どもがないのは、源氏は自分のせいだとしている。紫の上はそのおかげで世俗、現世への執着となる子孫もない。仏教的には「執着のなさ」はとても善いことである。亡くなってからも、紫の上は源氏の夢にさえ姿を現さず、そのことは「執着のなさ」、自分の人生にやり残したことも未練も全然ないことの証である。

四年前に大病してから、病弱になり、この年には季節の移ろいの中で様々な人たちの見舞いを受けながら徐々に弱って最期を迎える。

認知症気味の源氏、年老いた自分を人目にさらしたくない

年があらたまり、新春になったが、紫の上を亡くした喪失感は深まるばかりである。源氏は老いを自覚して、人目を避け、引きこもりがちになり、昔の思い出にひたりがちになる。息子の夕霧とさえ直接の対面はせず、もの越しである。数か月来、悲嘆のあまり、ふぬけになってしまっているのを直接見られるより、ましだ、と思ったのである。光源氏の《光》はいつの間にか、紫の上をエネルギー源にしていたのである。紫の上が消えるとともに《光》も喪われていくのである。思えば、若かりし時、「わらわ病（やみ）」にかかって北山で幼い紫の上に出会って病気が全快したのだった。光源氏の《光》は輝くような容姿だけを指すのではない。容姿だけであれば、子どもたち、つまり冷泉天皇や夕霧もそっくりである。《光》は全能に近い卓越した能力もさることながら、「精神的な《光》」であり、《オーラ》であろう。源氏は「声」も美しかった。

源氏は最晩年の二、三年、嵯峨の院で出家生活を送ったとされる。『源氏物語』としては、基本的に「宇治十帖」の世界に移り、源氏の姿は消える。

part 3

宇治十帖は京から始まる

1

八宮（はちのみや）は光源氏の弟で、父親は桐壺帝である。親王、というだけでなく東宮、つまり次期天皇と期待され、周囲からも大切にされ、ちやほやされた。ところが政治の争いに敗れて、みじめな結果となった。現在では世間からも人並みのものと認められない年老いた親王ということになった。

勢いが盛んだったころ世話をしてくれた人々もあてがはずれて次々に離れて行ってしまった。幸福の絶頂からの没落である。八宮の正妻は大臣の娘だったが、両親の期待もむなしくなり、しみじみとこころぼそく、たとえようもなく悲しかった。ただ、以前から夫婦仲がまたとないほどよかったので、お互いにつらいこの世をたえしのんでいた。

思い返せば、期待を一身に集め、ちやほやされ、この上もない明るい未来が開けていたのだった。それが暗転して、真っ暗闇。誰も相手にしてくれない。追い打ちをかけるように姫君をふたり産んだ妻も死去。生きながらえれば生きながらえるほど、実にみっともなく耐えがたい人生になってしまう。幼い姫君を男手一つで養育する体裁の悪さ。「体裁」

にこだわっていられないなどというなかれ。「体裁」が悪く、プライドが傷つくのが死ぬほど苦しい時もある。まして八宮は親王、天皇の息子である。これ以上ないほど高いプライドだ。自分の置かれている人生がみじめで悲惨であればあるほど、「現実」を「この世」を「全否定」したくなる。「この世は仮の空虚なものだ」と。つまり、《出家》である。八宮の傷ついた魂は、《出家》だと叫び声をあげる。しかし、残されたふたりの姫君はどうなる。誰も世話をして、養育してくれる者がいないではないか。八宮はどうしようもなく、《出家》できないまま、年月がたち、姫君たちがかわいらしく理想的な姿に育っていくのを心のなぐさめにして生活した。仕えていた侍女たちもひとり去り、ふたり去り、皆、生活の頼りなさに我慢ができずにいなくなってしまった。

住んでいる広く趣きのある宮邸も管理整備してくれる人もいなくなり、荒れほうだいである。周囲は再婚しろ、なぜ再婚しないのだ、と世間並みにふるまうことを求める。妻をめとれば、財政的には安定するからである。財産目当ての再婚である。しかし、八宮は拒否する。仏教の道に生涯をかける。この世は「仮の世」であり、はかなくむなしい。《出家》できれば一番いいのだが、姫君たちがいる。八宮は世を捨てられないまま《俗聖(ぞくひじり)》になって仏道に励んだ。《俗聖》とは《出家》しないで仏道に精進する者である。同じ桐壺帝の子どもでも光源氏とは大違いである。この《仏の道》というものがテーマとして大きくせり出してくる。そうこうするうちに八宮の宮邸は火事で焼けてしまい、宇治の山荘に移り住むこととなる。宇治は貴族たちの別荘がある土地である。今までのような八宮の大邸宅と違い、つましい山荘である。そこに姫君たちを伴った。急流の宇治川のほとりである。大都会から片田舎の宇治に移っていよいよ知人もなくなり、訪れてくる人もいない。

2

八宮は仏の道に専心し、「阿闍梨（あざり）」という高徳の僧に師事する。八宮は阿闍梨に尊い仏事をさせたり、数年来学んできた仏教についての学問的な質問をしたりした。阿闍梨は八宮に深く感心した。このあたりが紫式部の物語作りの巧妙さである。この阿闍梨が冷泉院にもお仕えする人だった、とするのである。冷泉院によくお伺いする薫にも結びつくきっかけとなる。八宮の姫君たちもうわさにのぼる。しかし、この時点では薫の関心は仏の道に精進する八宮である。八宮も薫が仏の道にたいへん熱心であると聞いて深く心をひかれる。八宮が思うに、薫は若くてなんの不自由なこともないのに、仏の道に熱心だなどとは奇特なことだと、薫に強い関心をいだく。実は、薫は自分の出生の秘密に気がついていて悩まされ、この世をいとい、仏の道にひかれるのだということは、ここでは触れられていない。

薫ははるばる宇治までたびたび出かけて、八宮と親しく交際した。《出家》せずに、仏の道に精進する者同士の交友である。そうして三年ほどがたった。八宮の山荘は狭く、姫君たちの気配も感じられるが、薫は自制する。

この後も「薫は自制の人、自分を抑える人」に徹して、「冒険しない人」であるようだが、作者紫式部は、「人間には少しも矛盾することのない一貫した言葉や行動はありえない」と認識している。世俗を捨てて仏の道に専心すると言いながら、八宮の姫君たちに魅かれる。八宮も、前後矛盾する話を姫君たちに言う。それが悲劇の一因となる。最上流貴族の「活力の衰え」を体現している。宇治十帖では、中下流貴族の活躍が目立ってくる。匂宮(におうのみや)は「奔放な性欲のおもむくままの人」、また、「行動の人」である。

それでも宇治十帖は輝き、光を放つ。晩年の紫式部の底力である。物語の仕掛け作りも冴えわたる。薫という名前は、もちろん「香り」であり、この世のものとも思えない「香り」は嗅覚的恍惚を呼び起こし、共振して視覚的にまぶしいばかりの極楽を現出させる。匂宮の「匂う」は香りだけでなく、朝日などに桜などが「照り映える」という意味も含んでいる。華やかに輝かしい。視覚的でさえあるのだ。紫式部は、そういった嗅覚の非常に鋭敏な人だった。

話が先走るが、八宮の山荘には、薫の出生の秘密を知る年老いた侍女がいたのである。「出生の秘密」、「仏の道」が光源氏の物語を継承して、宇治十帖の物語へと、その世界が橋渡しされて行く。誤解を招くかもしれないが、光源氏の物語のロマン主義から、宇治十帖のリアリズムの世界へ移行する。

ある時、薫は宇治を訪ねた。夜明け前、はるばると山道をやってきて霧と露に狩衣（かりぎぬ）が濡れるほどである。着いてみると八宮は山の寺、阿闍梨のもとに山籠もりの最中だという。そして姫君たちが琵琶や琴の演奏に興じていた。薫はひそかに垣間見をする。上品で美しい姫君たちである。月の光に照らされてなごやかな様子がうかがえる。ただ、人が近くにいるという情報で、姫君たちはすだれを降ろしてしまい見えなくなった。

薫は姫君たちに直接、迫ることにした。姫君たちの応対はままならない。都の若い貴族の男性、薫である。薫は堂々としている。私は色恋めいた心はありません、と。ただうちとけてお話の相手をして欲しいだけです。そうは言われても返答しづらく、今まで寝ていた老女が代わりに相手をする。なんと、これが薫の出生の秘密を知る、弁（べん）の君である。紫式部の巧妙きわまりないストーリー作りである。

八宮の姫君は、大君（おおいぎみ）と中君（なかのきみ）である。薫の相手をするのはもっぱら大君である。薫は大君と歌を詠みかわす。するとすぐそばの宇治川では、夜が明けたので、粗末な舟に柴を刈って積み、大騒ぎをして働いている。なんということのない庶民、下層階級の営みである。薫は思う。「誰だって考えてみると同じような《世の無常》だ。自分は舟に乗って浮かんでいるわけではないが、立派な御殿で安泰だと思うべきであるこの世であろうか」と。上流階級であるか、下層階級であるかを問わず、この世は無常なのだ。しかしながら、結局、高い身分に生まれた薫は上流階級の人生を生きる運命にあり、下層階級に生まれた貧しい庶民に生まれた人々はそれなりの人生を生きる運命にある、と作者の紫式部は考えているようだ。共通する《世の無常》で切って見せただけであり、それ以上は踏み込まない。当然だと言えば当然である。身分の上下にかかわらず、年老い、病気をし、死ぬ。無常である。それがいつやってくるかは誰も知らない。

音楽の才能の遺伝

匂宮は長谷寺に参詣し、宇治に立ち寄る。八宮の姫君たちの話を薫からさんざん聞かされて、強く魅かれたからである。別荘は川をへだてた夕霧のところである。薫も一緒である。大勢の匂宮一行は管弦の遊びで大いに盛り上がって、宇治川の対岸の八宮のところまで響いてくる。笛の音がとてもすばらしくきわだって聞こえてくる。しかし昔聴いた光源氏のものとはちがった響きである。まるで大空に澄みのぼっていくスケールの大きな音楽性は薫の父の柏木の系統のものである。

八宮の音楽的に洗練された耳は、薫の演奏を聴いて、笛の音楽性から薫の父親を当ててしまう。八宮は薫が不義の子だとは知らないが当ててしまう。ただ遠く離れているので薫が吹いているのだとはわかるはずもない。宇治川の対岸である。音楽の遺伝子である。

言葉の考古学

雄々しい、ではなく、「男男し」という言葉が出てくる。意味は「粗野な、荒々しい」であり、否定的な、マイナスのイメージの意味である。プラスの意味の「雄々しい」は現代でも通用する。「男男し」は現代には生き残れなかった。それに対して「女々しい」は紫式部の時代から、マイナスのイメージの言葉で現代でも使う。「女々しい」、「いかにも女らしい」ことはマイナスで汚れた意味である。言葉に内在する《差別》である。

また、英語でも、manは、「男・人・人類」を意味することができるが、womanは、「女」しか意味することができない。『源氏物語』の用例でも「人」は、「男」でもあるのに対して、「女」は、区別して使われる。八宮の発言でも、「女はなにかにつけて、もてあそびの相手にするもので、人（＝男）の心を動かす原因となる。だから、女は罪深いのであろう」といったようなところがある。女性は成仏するのが難しいとされた仏教の影響もあるであろう。ジェンダー不平等の考古学的な考察である。

ちなみに古典にも、現代語の「ヤバい」に似た言葉がある。「いみじ」である。良い意味にも悪い意味にも、程度がはなはだしい場合に使う。厳密に「ヤバい」と「いみじ」の意味が重なるわけではないが、性格がよく似ている。「いみじ」は、「とてもすばらしい」、「非常にひどい」、「とても悲しい」、「非常にうれしい」など極端である。

大君の悲劇的な死、薫は大君を「レイプ」すべきだった？

「総角（あげまき）」の巻は紫式部の物語作者としての手腕が最も発揮されているといっていいだろう。圧倒的である。

人間は、その時々によって、考えることが変わり、また、受け取るほうが一連の発言のどこに重点をおくかによって、運命が変わるという一般的事実に紫式部は基づいて物語を展開している。私たちも自分の心の中で思ったことと、口に出して言ったことは、「厳密に首尾一貫」しているわけがないし、できない。思わず、口に出してしまっていることもある。八宮も姫君たちが宇治などという田舎にうもれて、結婚しないなどというのは恥ずかしいと思っていた。結婚させたいと思っていた。これが八宮の「内面」であり、時々、姫君たちに「薫が婿になってくれたらいいのだがなあ」と口に出してもいたらしい。しかし現実には、薫に対して、自分が亡きあとに、「姫君たちの世話をよろしく頼む」としか言わなかった。八宮は謹直な薫に対して遠慮、気後れしたのだろう。薫も実直に姫君たちの後見を固く約束した。薫は財政面も含めての世話役、「後見（うしろみ）」を誠実に遂行する。そこが八宮の仏の道の親友として交際できたゆえんなのであるが、薫は生真面目なのである。妹の姫君の中君も、匂宮と比べて薫はとっつきにくい人柄だと、この時点では感じていた。

重要な意味を持つのは、八宮が死を強く意識して、姫君たちに残した遺戒、《戒めの言葉》である。「この私一人だけではなく、亡き母君の不面目になるような軽々しい考えをもたないように。また、よほどの良縁でなくては、男の甘い言葉にたぶらかされて、うかうかとこの山里を出てはいけない。普通の人とは違った特別な運命だと自覚して、この山里で生涯を終えてしまおうと思いなさい」。死を覚悟しての、思い入れの深い、重々しい言葉である。大君の死の原因は、八宮の遺戒の後半をまともに受けたところに起因しているとも言える。薫を結婚拒否する大きな要因となる。大君が父のいつの言葉のどこを信じるかによって大君の運命は変わったといってよいが、同じ言葉を聞いたはずの中君が、ほとんど父の遺戒の影響を受けていないように見えるのは、長女に宰領される次女の立場もあろうが、中君の性格的なものもあろう。いずれにしろ作者紫式部の巧妙さである。

薫は大君と一夜をともにするが情交はなしである。薫は紳士である。熱烈に意中を訴えるが、決して「レイプ」はしない。光源氏とは大違いである。

薫は「レイプ」すべきであった。「レイプ」しなかったのが、《悲劇》のもとである。妹思いの大君は、中君を薫と結婚させようと思い、薫は自分にとっては立派過ぎるからと泣く泣くあきらめて一生独身を通そうと決意する。薫は自分にとってはもったいなさ過ぎると考えて悲痛にもあきらめるのである。

それまでは肉体関係のないまま、精神的な交わりで、とてもいい感じだったのである。そんなけなげな大君を、泣いてあきらめさせたのである。大君は中君の「後見」に自分がなるとまで決意しているが、これは大君の思い込み、「妄想」と言うべきである。大君には、そもそも財力がないし、父の八宮の葬儀も一周忌も、薫だのみであった。中君の「後見」などできるわけがない。

結局、薫の計略で、中君は匂宮と結ばれる。だが、将来の皇太子候補、天皇候補の匂宮には薫ほどの自由はないというより、ほとんど身動きが取れないくらい窮屈な身分であり、中君と結婚したものの遠い宇治まではなかなか通ってくることができず、姫君たちは暗く沈んでしまう。大君は、あらためて結婚とはこんなに苦しいものなのだと、身につまされて、八宮の《遺戒》が正しかったと痛切に実感する。不幸な中君を見ながら、食事もとらなくなり、苦悩し、どんどん衰弱して、果ては死んでしまう。「レイプ」しなかった薫の罪であり、悲劇である。

ひとり取り残された薫は、雪の降りしきる日に、一日中物思いをして暮らして、世間の人の誰もが興ざめでおもしろくないものとしている十二月の夜の月が澄み切ってさしのぼったのをつくづくと見ると、遠くの寺の鐘の音が、今日も暮れたとかすかに響き、薫は亡き大君をしのびながら、はるかに「空行く月」を詠む。風がとても激しいので、蔀(しとみ)を降ろそうとすると、周囲の山が鏡に映るように宇治川の水際の氷に、月の光が映ってたいへん美しい。凍てつく冬の夜の月の光と氷の映し出す極北の景である。これはモナリザの《肖像》と、心象としての《背後の風景》に比すべき紫式部の凄さである。この凍てつく空気感と月は薫の内面、心象の象徴である。もし一瞬でも大君がよみがえるなら、薫はともに語り合いたいと思う。

もちろん、レオナルド・ダ・ヴィンチよりも紫式部が早い。レオナルドは十五世紀の生まれである。また、『源氏物語』を初めて英訳して当時のフランス文壇を驚愕させたアーサー・ウェイリーはよほど「総角」の巻に感動したのであろう、大君の名前をアゲマキとしている。

色即是空、この世はむなしい

1

大君に死なれて、取り残された中君の内面に紫式部は、焦点をあわせる。春になって、大君が存命の頃はふたりして過ごしてきた宇治の山荘での生活が懐かしく、大君の亡き今、悲しみにひたるばかりである。姉が亡くなっても、例年のごとく阿闍梨から春の山菜が送られてくる。蕨（わらび）と土筆（つくし）である。阿闍梨の詠んだ和歌に返歌して、「大君の亡き今年の春は誰にも見せようもない、亡き父の形見に摘んでくれた宇治山の早蕨（さわらび）を」という意味を詠んだ。お仕えする女房たちは、中君が深く物思いをし、少しやせて見える顔が、とても高貴に美しさがまさって、亡き大君に似かよってきて今が盛りの美しさだと思う。

薫にとって中君は大君の身代わりなのだ。後には大君と中君の異母妹の浮舟がより大君にそっくりな女性として薫の愛の対象となる。『源氏物語』は《形代（かたしろ）の物語》と言われるように、光源氏は、藤壺とそっくりな紫の上を求め愛し、薫も大君とそっくりな中君、浮舟を愛し、求める。この点で『源氏物語』は一貫している。

中君は姉の喪に服す期間があけて、宇治の山荘から、匂宮のもとへ移り住む時が近づく。

薫が宇治を訪れて、大君の思い出と宇治の山荘の生活を思い出として共有する者として、以前よりも中君と親しくなる。

薫の出生の秘密を知っていて昔を語ってくれた弁の君は剃髪して尼になり、宇治の山荘に残る決意をした。弁尼は「まず流れる涙の川、その川に身を投げて自殺したならば、あの大君に死に後れることはなかったろうに」と歌を詠んだ。すると薫は「自殺は（仏教的に）たいへん罪深いことです。」どんなに苦しくて悩みが深くても、自殺をして地獄の底に沈むよりも、「すべてはむなしい」、この世は、仮の世界だと考えるべきだ、と薫は教え諭した。この世は仮象である。幻影である。どんなにつらくとも、「現実という幻の世界に過ぎない」と、薫が学んだ仏教は教えてくれていた。まさに仏教の道をきわめようとする薫らしい弁尼の説得である。

しかしながら女性を求め執着することは、仏教的にはよくないことなのである。《絆》は「ほだし」とも読むが、「わずらわしく邪魔になるもの」なのである。薫が大君を強烈に愛し、執着することは「仏教への志を濁すもの」である。現世における男性の女性への愛と執着は、仏の道への大きな妨げである。だから仏教を志しながら大君を愛したことはそれ自体矛盾である。それゆえいよいよ出家遁世しようとする時に、あとに残す、この人のことが心配だなどと特に愛着が残って束縛されることがないように過ごそうと、薫は一方では絶えず考えるのである。そのように身を処していこうとする。しかし現実には宇治の姫君たちに心を奪われてしまっている。薫が大君を強烈に愛し、執着してしまったことは、薫自身、仏の道への志の「挫折」だと痛烈に自覚している。そう簡単に「色即是空」、この世は仮の住まいだ、幻影だ、とはいかない。

2

匂宮は中君と結婚するが、皇太子候補の彼にはさらに結婚話が持ち上がり、薫にも同様に結婚が持ちかけられる。どちらも世間が放っておかないのである。薫は皇女の女二宮(おんなにのみや)を嫁にしないかと勧められるが、おざなりで中君に夢中である。中君は、匂宮が夕霧の娘の六の君とも結婚したので気が気ではないが、匂宮の子を孕んでおなかも大きくなり始めている。そんな中君を薫はもの狂おしく恋慕する。大君の身代わりである。自分で自分を抑えることができない。中君も薫はいつもたいへん行き届いた世話をしてくれるし、宇治の山荘の時からの付き合いなのでむやみに突き放せず、やわらかに接する。しかし薫との仲のことは匂宮にも疑われていて、あやうい。中君は迫られて困った時に、ふと異母妹で大君とそっくりな浮舟の話を持ち出す。この時には薫はそれほど心が魅かれず、そのままになる。

大君の一周忌で薫は宇治の山荘を久々に訪れる。一人さみしく弁尼が住んでいるだけである。薫は語って、早い遅いはあるものの、人は皆、火葬の煙となって空に消えるのだなどと話す。そしてあまりにも大君のことを思い出していけないから、この山荘の寝殿を壊して、阿闍梨の山寺に移設して建設することを計画する。そうしたほうが亡き八宮の意向にもそうことになるだろう。そのように阿闍梨とも打ち合わせをして了解を得た。大君の供養と仏の道への志である。

その夜、薫は宇治の山荘に泊まり、弁尼から、薫の父の柏木が生まれたばかりの薫に会いたがったことや、かつての大君、中君のこと、さらには浮舟の詳しい情報を聴き、浮舟の母親が姫君たちの母親の血縁であることを知る。あらためて薫は浮舟に会ってみたいと強く思った。

中君は匂宮の子を無事出産し、しかも男の子であった。匂宮の母の明石中宮（あかしのちゅうぐう）も父の天皇も大喜びで、中君の妻としての地位も堅固なものになった。薫も女二宮とめでたく結婚し世間は盛大に盛り上がるが、それでもなお大君のことが忘れられない。そうこうするうちに宇治の山荘を訪れた薫は、山荘に立ち寄った浮舟一行と出会う。浮舟たちは初瀬詣でであった。浮舟を垣間見するが、あまりにも大君そっくりなので驚きうれしく思う。完璧な《形代》である。八宮は浮舟をわが子とは認めなかったが、実の子で大君の異母妹である。宇治十帖の「最後のヒロイン」の真の登場である。

薫は、低い身分の浮舟に真の意味では近づけない。身分差別

「東屋（あずまや）」の巻は、浮舟の物語のほんとうの始まりである。あまりの身分差に、体裁が悪くて、体面を非常に気にする薫は気後れし、浮舟に近づくことを躊躇する。この身分差別は『源氏物語』、宇治十帖の割り切れない終わり方を先取りし、予言している。

あんなに高貴な薫が、ひどく身分の低い浮舟ふぜいにかかわるなんて、という外聞の悪さである。どんなに大君に生き写しであろうが、真の《形代》にはなりえない。実父の八宮でさえ、自分の娘とは認知しなかった。「召人」の分際が孕んだ子どもである。匂宮も《性愛の対象》にするだけである。薫が大事にするから浮舟に箔がついただけである。

「生まれと育ち」の卑しさである。どんなに外見が上品で美しく、大君にそっくりであろうとも、「生まれ」も「育ち」も卑しい。八宮に教育を受けた姫君たちのようには教養がない。その浮舟の生まれ育った卑俗な環境を紫式部は冷酷に暴いていく。それがリアルに読者に伝わるように描く。浮舟の母の中将の君も、薫が浮舟のことを事細かに知っていることを聞いても、薫が本気だともとうてい思えず、まず物の数でもないだろうと判断する。

それが当時の常識である。浮舟の身分からすれば、薫は高根の花よりも高い身分である。

浮舟は左近の少将と結婚の予定であった。日取りまで決まっていた。義父の常陸介の財産を目当てに婿入りを望む少将は、浮舟が常陸介の実の娘でないことが分かって、より有利に縁を結ぼうと、少将は実の娘の妹のほうに乗り替える。少将は継子の浮舟より、実の娘の婿になったほうが、常陸介の財政的バックアップを受けるのにはるかに有利だと考えたのである。その実、凡々たる少将なのだが、狡猾な仲人によれば「前途洋々たる少将」に、継子の浮舟に婿を取らせるのは常陸介も気に入らず、実の娘の婿になってもらい、自分の財力で少将を出世させようと算段する。浮舟は婿を横取りされ、浮舟の結婚予定日に、そのまま妹の婿取りが行われる。

浮舟の母の中将の君は、薫のことも考えるが、薫は有力で高貴な候補を何人も退け、とうとう天皇の娘に婿入りしたというではないか。浮舟はせいぜい薫の召人になれればよいくらいである。しかし、母の中将の君は召人の身分の不安定さ、つらさを身をもって知っている。ただ中将の君は、浮舟が婿を横取りされたショックは大きく、物忌だといつわって中君のところへ一時、浮舟をあずかってくれるよう依頼する。中君は姉妹といっても浮舟は母親の身分の低い異母妹なので、二の足を踏む。だが、結局、了承する。

中君のもとへ行った中将の君は、匂宮を見てそのはなやかで輝くように魅力的な姿を見て驚嘆し魅了される。同じ親王といっても活気のなかった八宮などとあまりにも違いすぎ、

薫は、低い身分の浮舟に真の意味では近づけない。身分差別

中将の君の立派だと思っていた夫の受領の世界からも想像のつかないすばらしさであった。中将の君は、中君の生活はさぞ夕霧の娘の六の君に圧倒されて大変だろうと思っていたが、こんなにも魅力にあふれる夫に愛されるのなら、願ってもないことだと、今までの考えをひっくり返された。そこに訪れた薫もまた匂宮にも劣らず気品があって高貴で魅力的である。このような男性に時たまでも愛されるならば、稀有のことで、娘の浮舟を添わせたいと思う。中将の君に依頼された中君はその意を薫に伝える。中君は気が進まない。そして浮舟を中君のところへあずけて中将の君は帰宅してしまう。ところが事件が起きる。匂宮に浮舟はレイプされそうになる。匂宮は、いわば《色魔》である。女たらしである。現代の皇族ではありえない話である。中君にお仕えしている女房たちでも、少し若くてかわいいと思うとかたっぱしから手を出す。中君は、そんな匂宮を恥ずかしいと思いながら、いつものことだとあきらめている。浮舟も危うかったが、匂宮の母の明石中宮の病状が悪化したという緊急の知らせがあって、浮舟は難を逃れた。結局、三条の小家に移り住む。

　薫は宇治を訪れて弁尼に会い、浮舟に会うように依頼する。薫はあくまでも慎重である。右大将の薫が、常陸介の娘ごときに言い寄るそうだと取り沙汰されるのをおそれるのである。反対に天皇の娘の女二宮は恐れ多くて夫婦として慣れ親しまない。

　弁尼を先に浮舟の小家につかわして、薫自身も雨の夜に訪れて浮舟と共寝する。薫にとって浮舟は《私物》なので遠慮がない。気安い。かといって匂宮のようにレイプするわけ

ではない。二人は結ばれたのである。妻の扱いとして、気づまりな女二宮と気安い浮舟の対照法である。薫は浮舟を抱っこして宇治に連れ去る。薫は浮舟をかわいいと思うが大君のことがまだ忘れられない。宇治に到着して、薫は浮舟の処遇を決めかねていたものの、結局、宇治に隠して住まわせることにする。注目すべきは、浮舟をあくまで大君の《形代》と考えている点で、容姿だけでなく、教養、ふるまいまでも「大君そっくり」でなければ、薫は満足しないということである。和歌とか音楽の教養も薫は身に着けさせようとする。容姿は大君そっくりで若くしたような感じである。ただ外見の美しさだけでは、どんなに美しくても薫は満足しない。

薫は、もし浮舟がほかの姫君たちと同じように八宮のもとで育ったならば、よかっただろうに。なぜはるかに遠い東国なんかで育ったのだろう、などと、あり得ない疑問までもぶつける。しかし、会話をすると、浮舟は頭が悪くなく、機知がある。薫は望みを捨てずに教育しようと思う。つまりあくまでも《形代》であって、「大君という形」に作り上げようというのであり、浮舟のありのままの個性を薫は認めることができない、「浮舟の個性・人格」の否定である。これは真の愛情でも恋愛でもない。

このことは光源氏の物語の場合には成立した《形代の論理》の不可能性を意味する。紫の上は「召人」の子どもではなかった。浮舟に比べれば、「純血種」である。だから許されたということもあるが、そもそも《形代の論理》などというものは非人間的である。藤壺と紫の上のリレーのような幸福な発展はここにはない。《形代の論理》は崩壊する。薫が浮舟にあくまでも大君の面影を求めるのは、単なるエゴである。

薫は、低い身分の浮舟に真の意味では近づけない。身分差別

匂宮の、身分差別を超える性愛と狂熱の恋

1

匂宮は、レイプしそこなったいい女、名前も正体もわからない浮舟のことが忘れられない。あれから四か月にもなっている。匂宮はお仕えしている女房でも、ちょっと気が魅かれると、その女の実家まで押しかける。親王という高貴な身分にはふさわしからぬ《女たらし》である。妻の中君も浮舟は妹だと打ち明けようともするが、薫が大切に囲っていることもあり、思いとどまる。

匂宮がこの上なく思いつめているのに対して、薫はまたとなくのんびりと構えている。紫式部の対照法である。この対照的な姿勢の違いが浮舟の悲劇を生む。それでも薫は浮舟を宇治から京へ移す予定の場所を準備はしている。ただのんびりしすぎている。しかも薫は中君に相変わらず恋着している。やはり中君に大君の面影を求めるのである。

一月になって中旬の頃、中君のもとへ、よりによって匂宮がいる時に宇治からの手紙が届く。浮舟の手紙である。匂宮は見て、あの、レイプしそこなった女の手紙だと気づく。女がどういう女であるかは不明である。が、薫が囲っている女だということを突きとめる。

つてをたよって策略をめぐらし、険しい道を乗り越えて夜の初め頃、浮舟のいる山荘にたどり着いた匂宮は、中の様子をうかがい、夜の闇にまぎれて薫になりすまして浮舟に近づく。応対した女房は薫だとばかり思って匂宮だとは気がつかない。暗い中で交接して初めて、浮舟も別人であることに気づく。匂宮は浮舟に声をさえ出させない。浮舟はとても現実のこととは思えない。匂宮はかつて浮舟に迫った折のこと、その後、長い間思い続けてきたことを伝えたので、浮舟はようやく匂宮だということをさとった。いよいよ恥ずかしくて、姉の中君も気にかかるが、どうしようもなくて泣く。匂宮もなまじっか逢ったのがつらく、今度はいつ会えるのかわからない身なので泣く。

夜が明けたが、匂宮はいつまでも見ていてもいとしくてたまらない上に、また来ることもとても難しいので、今日もいつづけることにする。京では母親の明石中宮を始め大騒ぎになるだろう。皇族が行方不明などというのは大事件である。けれどもせめて今日だけでもここにいよう。すべてのこと、特に恋は生きている間だけのためにある。今、このまま別れるのはほんとうに死にそうに思われたので、すごく無分別のように思われるだろうが、今日は帰ることができないと周りの者に伝えて、あらゆる手を打った。

匂宮は「何か月も浮舟を思い続けているうちに、すっかり呆けてしまった。ほかの人が非難しようが、何を言おうがかまわない、ひたすらに思うようになった。少しでも身の安全を気にするような人が、このようなことをするであろうか。」と言った。あまりにも浮舟がいとおしく、深く愛し、あらゆる非難を忘れ去ってしまったようだ。

浮舟は匂宮の狂熱に感染する。今まではすばらしく姿が美しくおくゆかしい薫を見慣れていたのに、「片時も逢えないなら死んでしまいそう」と自分に恋いこがれる匂宮を知って、愛情が深いとはこのような人をいうのだろうと実感されるのであった。

だが、浮舟はあくまでも自分の素性を匂宮に告げようとしない。ありのままを告げて欲しい、と匂宮は言う。「ひどく身分が低くても、ますます可愛くなるだけだ」とまで言う。激しい恋は、《身分差別》を超えてしまったのである。強烈な《性愛》は身も心ももみしだく。浮舟は自分の素性以外のことは、従順に受け答えする。そんな浮舟を匂宮はますます可愛いと思う。

いつもは、浮舟は一日を過ごすのがたえがたく物思いで長くつらく感じられるのに、一日が暮れていくのが刻々と別れの時が迫ることを感じさせるので、ふたりにとってあっけなく一日が暮れてしまう。匂宮は一日中、浮舟に溺れっぱなしである。魅力的でしたわしくかわいらしい。いくら見ても見あきない。匂宮は浮舟の魅力のとりこになり、夢中である。浮舟も薫より匂宮のほうがこの上なくすばらしいと思う。

《性愛》などというと不適切だなどという人がいるかもしれない。しかし、現代の私たちは、D・H・ローレンスの『チャタレー夫人の恋人』という作品を知っている。《性愛》が人間性を解放するという思想だ。私は思わず、連想してしまう。《性愛》の思想を見くびってはいけない。だが、匂宮が《身分差別》を超えたのは、極端な《女たらし》だからであり、一時的なものに過ぎない。

匂宮は正気を失ったようになって馬に乗せられて帰途につく。完全な「女ボケ」である。

2

しばらくして少し仕事に余裕ができた時に薫は宇治に向かう。まず山寺の仏を拝する。そして夕方に浮舟のところに行った。浮舟は合わせる顔がないが、激しく自分を求めた匂宮のことが思い出され、また薫に抱かれることを思うと切ない。匂宮は、あの時、自分が愛した女をすっかり忘れてしまうくらい浮舟に夢中だと言っていた。ほんとうにそのあと都にかえってからは体調がすぐれないということで、どの女性にも逢わず、病気が治るようにと祈禱するなどして大騒ぎだという噂が聞こえてきていた。今夜、薫が来て逢ったなどということが匂宮の耳に入ったら、匂宮がどう思うことか。薫は昨年の秋、浮舟を宇治に連れて来て以来、訪れがなかった。薫の優美で、しかも末永く自分の世話をしてくれそうな人柄である。もし、匂宮と情を交わしたことがばれたら、たいへんなことになるだろうが、それでも正気を失ったようになって浮舟を恋いこがれる匂宮が不思議なくらいいとおしく思われる。ただ薫に捨てられるのも怖い。薫はしばらく来ないうちに、浮舟が以前とくらべものにならないほどに、人情を解し、大人びたものだと思う。そこで浮舟を引き取るための京の新築の家の話をする。すると匂宮も昨日の手紙で、やはり、自分を京に迎えるところを準備していると伝えていたことを浮舟は思う。薫のもくろみも知らないで、匂宮がそのように考えていることを思うと、匂宮に従うべきではないと思うものの、先日逢った匂宮の姿が幻影のように見えてきた。自分ながらどうしようもない身だと思うと泣けてきた。

薫は亡き大君のことを追想し、浮舟は今後の身のつらさを思った。薫は浮舟が以前に比べてますますいい女になったことに満足するが、あまり宇治に長居をすると人の噂も煩わしく思われて、そそくさと帰る。いずれ京に迎えたら気兼ねなく会えることだからと思っている。

宮中の詩会の夜、匂宮は薫が口ずさんだ和歌が、浮舟のことを思ってのものだと気づく。匂宮は心がさわぐ。その後、匂宮は宇治を、浮舟を目指す。雪のためにただでさえ遠く険しい道で、いつもよりたどり着くのが難しい。浮舟のところには、前もって行くことを伝えていたが、この雪ではとても来れないだろうと浮舟は油断していた。ところが思いかけず、夜ふけに連絡がある。なんと情愛が深い方だろうと、浮舟も感動する。この様子では薫と匂宮に引き裂かれて、浮舟はどうなってしまうのだろうと浮舟に仕えている右近は破局が避けがたいと予感する。たいへんまずい状況だけれども、今夜は気がねも忘れてしまうだろう。

夜のうちに帰ってもらうこともできないので、邸内の人目もはばかられて、宇治川のあちらにある家にいっしょに行ってもらうことにした。匂宮は浮舟を抱きかかえて小さい舟に乗った。はるかな対岸にこぎだしたように感じてこころぼそく、ひしと抱かれている浮舟をとてもかわいいと思う。有明の月が澄んでのぼって月光で水面もくもりなく明るい。船頭が、「これが橘の小島です」と言ったのでふたりは和歌を詠みかわした。対岸につくと家は垣根に雪がまだらに消え残っている。

日が昇って軒端のつららがどれもきらきら光っているのに映えて、匂宮の顔もいっそうすばらしい。匂宮も気軽な服装をして、浮舟も上衣を匂宮が脱がせたので、細やかな体つきがあらわになってたいへん美しい。匂宮が気をゆるしてうちとけた様子で、浮舟はとても気恥ずかしく、まばゆいほど美しい男性と差し向いになっていることだと思うけれど、身をかくすこともできない。着なれた白い衣だけを五枚ほど、袖口、すそのあたりまで何気ないようで優雅で、さまざまな色の袿(うちぎ)を何枚も重ねるよりもすてきに着こなしている。匂宮がいつも逢う中君や六の君といっても、これほどうちとけた姿などは見なれていないので、このようなのでさえ、やはり目がうばわれて魅惑的だと思われた。

匂宮は浮舟ほど容姿の優れた女性はいないのではないかとまで思う。見苦しいまで遊びたわむれあって時を過ごす。そうやって二日間はたちまち過ぎた。そして匂宮は浮舟を人に知られず、京に連れて行って、隠して住まわせる計画を話す。その間、薫に逢っていたら承知しないぞと、いろいろ誓わせるが、とても無理なことだと浮舟は言って、涙さえ浮かべるので、匂宮はいくら自分が目の前にいても薫から全然心を移そうとしないようだと苦しく思う。恨んで泣きながら、さまざまに語って、夜深く、連れて宇治川を渡り、もといた岸の山荘に戻った。やはり抱きかかえながらである。

二条院に帰宅した匂宮は浮舟とのたわむれに精力を使い果たして、病気のようになって、何も食べず、青味がかってやせてしまった。周りもたいへんだということで、大騒ぎで、浮舟に手紙さえ書けない。

二股の浮舟、引き裂かれる苦悶

浮舟は全然悪くない。色好みの匂宮につきまとわれ、受動的に、本人もその意思を持たないまま、ひそかにレイプされたのが始まりだった。《ステルス・レイプ》。ただ肉体的に、性的に、薫にはなかった淫蕩さで、浮舟は「セックスに目覚め」、《女》になった。それは匂宮と交わったことを知らずに逢った薫も感じとった。しばらく見ないうちに女らしくなったな、と。浮舟はなにげなく暮らしていても、匂宮の面影、幻影が浮かび、つきまとうようになった。

しかし薫が浮舟にとって最初の男である。その事実と、おっとりした、面倒見の良い薫も浮舟は理性では裏切ることができない。しかし肉体が裏切る。浮舟の母親も薫が京へ迎える準備をしていることを信じて楽しみにしているが、母親自身は浮舟の妹の世話でほとんどかかりっきりである。また言うまでもなく、匂宮は浮舟の姉の中君の夫である。これも非常に都合が悪い。妹が姉と男を取り合って争うことになる。

薫は匂宮が浮舟と関係していることに気づく。匂宮にゆずっていいような気もするが、正妻として想い始めた女でもないし、やはり、大君の身代わりとしての想い人にしておこう。これきりで逢わないとしたら、それもまた恋しいことだろう。薫の中では、あくまでも大君の身代わりである。薫は自分が浮舟を捨てたなら、必ず匂宮が自分のものにするだろうと考える。薫は手紙を書く。浮気してるんじゃない、とにおわせる和歌を添える。悟られたと思う浮舟は、はっとする。そして宛先違いではないかと、薫の手紙を送り返す。薫は機転をきかせたなと思って、自然に微笑んだ。憎み切ることはできない。これが浮舟の二股に対する最初の薫の反応だった。

浮舟は自分では、薫か、匂宮か、どちらを選ぶべきか判断がつかない。私はなんとかして死にたい。世間並みに生きられない、つらい身だな。浮舟の悩みは深刻になる。

薫は浮舟の邸の警護を固め、夜中も配下の者たちを使って警戒に当たらせる。浮舟は薫と匂宮のどちらを選んで従っても最悪の事態になるに違いないと思い、私が亡くなればいいのだとまで思いつめる。自殺は仏教でも重い罪であるし、死んだら母親がどんなにか悲しむだろうと思ったり、自殺そのものの恐ろしさにおびえたりする。

紫式部は入水を決意する浮舟の心理に沿いながら、あらゆる設定を仕組んで浮舟を追いつめる。

ニセの葬式、「それでも人生はつづく」

1

浮舟の姿がどこにも見あたらないので宇治では大騒ぎである。どこをさがしてもいない。浮舟が匂宮と薫とに板ばさみになっていたことを知っていた右近と侍従は、宇治川に身投げをしたと結論する。母親も宇治に到着するが、事情がわからない。侍従や右近は浮舟が薫と匂宮の板ばさみになって苦しんでいたことや、入水したのではないかということを母親に打ち明けた。それならばと母親は浮舟の遺体をさがそうというが、もう大海原に流れてしまっている。またそんな遺体探しなどしたら、ほんとうのことが世間に広まって、とんでもないことになる。すぐ火葬だ、と。亡骸もないままの火葬となる。ふつうは遺体を安置してから火葬になるのだが、もちろん遺体はない。浮舟のふだん使っていた敷物、調度類、夜具などをまとめて、あたかも浮舟の亡骸もあるかのようにして、右近や侍従は今夜のうちにすませたいとして強行した。実はそれでは世話役の薫にも面目が立たないし、浮舟がいかにも身分のいやしいもののような扱いになってしまうのである。当然、薫の配下の者たちの反発があった。火葬はあっけなく終わった。火葬に遺体が含まれていれば、長時間かかる。現代でも発達した火葬場での時間は長い。偽装の火葬であったからこそ、ひどく短時間だった。

本来なら浮舟の世話人として葬儀を取り仕切るはずの薫は母親の女三宮が病気が治るようにと石山寺に参籠中で、浮舟の葬儀のことを知らなかった。宇治では亡くなれば、通常なら薫からの弔問の使者があって当然のことと世間では思うところを、それがないのも、また不自然だと思われて都合が悪かった。葬儀が終わったということを知った薫のほうでは、「私に知らせて日を延ばして私も行ってするのが当然なのに、なんとも粗略にしたものだ。粗略にしたというので、宇治のあたりの人々の非難を受けるのはつらいことだ」と宇治のほうへ苦言を呈したのだった。

薫は、あっけなくも悲しいことだと思った。大君を喪い、浮舟を亡くす、宇治というところはつらいところなのだったなとつくづく思った。匂宮が割り込んできて、男女のもつれがあったのも、薫は自分が宇治などにほったらかしにしていたせいだなと思った。悔しく悲痛な思いがする。浮舟が生きていた時には、なぜかそれほど熱中する気になれず、なんとなく過ごしていたのだが、死なれてみると次から次へと後悔の念がつのる。あとは浮舟の冥福を祈るばかりである。

匂宮はショックで虚脱状態が二、三日続いた。つぎつぎにあふれる涙が尽きて気持ちが落ち着いてくるとありし日の浮舟の姿がまざまざと目に浮かんでくる。ものすごく恋しい。

匂宮に仕える女房は「いったい何にこんなにまで思い乱れ、命まで危ういほど沈みこんでいるのだろう」といぶかしく思う。薫はこんな匂宮の情報を得て、やはり、浮舟とは深い関係だったのだ。もし浮舟が生きながらえていたならば、きっと自分はひどい恥をかかされていたろうと思う。

そして四十九日まで浮舟の《レクイエム》は続く。薫が体調の落ち込んだ匂宮を見舞って、浮舟と匂宮の間柄をさぐったり、匂宮が宇治での浮舟の最後の行動を知ろうとし侍従を呼び寄せたり、薫が直接、宇治を訪れたり、残された母親の中将の君の夫常陸介の家族の昇進を援助する旨も約束する。常陸介は浮舟の四十九日の法事のあまりの盛大さに圧倒され、以前は見くびっていた浮舟のものすごい宿運に驚嘆する。

しかし、こういった浮舟の弔いの動きも、あくまでも「四十九日まで」である。浮舟は周囲の人々に大きな影響を巻き起こして亡くなった。そのことは非常に大きかった。しかし、そのことはそれまでである。「それでも人生はつづく」のである。思い返してみれば光源氏は死んだ。しかし、「それでも人生はつづく」のである。人間の生なんて、そんなものである。

2

本質的に《女たらし》である匂宮は《浮舟ロス》の肉体的精神的な大き過ぎる穴をうめ

るために試みに他の女に手を出し始めた。匂宮は熱情の頂点で対象の浮舟が消滅してしまった。一方、薫は女一宮のまわりをうろつき、お仕えする女房の小宰相の君とかかわっている。小宰相の君は匂宮をけむたがっている。寄せつけない。

薫は女一宮を垣間見る。言いようもなく美しい。多くの美しい女性を見てきたが、女一宮にはくらべものにならない。暑いさかりで、氷をもてあそんでいる。にこにこしている目もとが魅力的である。幼いころに、ものごころもつかず女一宮を見て以来である。

薫は、どうして今になって、どのような神仏がこのような機会をつくって見せたのだろうと思う。これまでのように自分の心を動揺させようというのであろうか。薫は大君の死んだときにも、俗世間をことさらにいやに思わせ、俗世間を離れさせようとする仏などが、ひどくつらい思いをさせるのだろうかと考え、浮舟の時も同じ思いにさせられていた。薫は、神仏という場合、一種の《人格神》を想定させられている。神仏は、女性に対する欲望などは捨てるようにと薫が夢中になる女性たちに関して、ひどい目にあわせ、聖なる道に戻れと、懲罰的に、つらい目にあわせているのだと考えている。つらい目にあわせるのは《人格神》が薫を「教育・指導」するためである。「神仏」というより、薫の場合は仏の道を八宮とともに目指したのだから、《仏》であろう。これが紫式部の「感じている」世界観に近いのであろうか。「考える」というより、切実に「実感」していると言ったほうが正確であろう。こういったことは、「考える」のには限界がある。体感的に「実感」

するしかない。本人にとっては、そう思うしかないと感じられるのである。

ただ、仏はかなりの《自由》を薫に与えているように見える。そして女性に関する局面で「懲罰」を与えて、聖なる道におもむけ、できるなら《出家》しろと勧める。また《宿世（すくせ）》というのがよく出てきて「この世に生まれてくる前の世界から定められた運命」で、親子になったり、男女の仲になったりする。『源氏物語』の人物たちは、このように世界を理解しているようだ。

高貴で美しい女一宮に茫然となるほど魅了しつくされた薫は、翌日、自分の妻の女二宮にまねをさせて同じように美しいかどうかを試してみる。

「たいへん暑いな。今からうすい衣服を着なさい。女は、いつもと違うものを着たほうが、その時々につけてすばらしい」などというが、昨日見た女一宮と同じ服装、同じ状況を再現したいのだ。夏の暑いさかりの、うすい、肌が透けて見える衣服である。薫の妻の女二宮は女一宮の腹違いの姉妹であるが、似るべくもない。

また続く場面で薫が妻を「下種（ゲス）になった」、つまり、皇族であるのに臣下の薫の妻になり、「身分が卑しくなった」という表現も興味深い。『源氏物語』では、高貴な身分の男性の妻になった、あるいは、関係を持った女性は急に《尊敬語》が使われ、匂宮の妻の中君のように子どもを産むと周囲からも尊敬され、身分が重くなる。

そして現代も昔も変わらないであろう、「こちらが恋する幸せか。こちらが恋される幸せか」の問題が出てくる。相思相愛なら理想であろうけれど、なかなかそうもいかない。薫も「自分に思いを寄せてくれる女性がいたらなあ」とか、「亡き大君が生きていたら、どんなことがあってもほかの女性に心を移したりはしない」とか、「浮舟は気楽にかわいいと思える女性だった」などと考えている。薫は誠実なようであるけれど、女性を厳格に《身分差別》して感受する。浮舟に仕えていた侍従は明石中宮にお仕えすることになったのだが、これ以上ない女房たちがお仕えしているのをよく見まわしてみても、侍従は、前に仕えていた浮舟以上に美しい人はいないと判断したのだった。言うまでもなく中宮の周りには最高の女性が集められている。

物の怪、もののけ

場面も話も変わる。比叡山の横川（よかわ）に何とかいう僧都（そうず）と言って、たいへん尊い僧が住んでいた。この僧のモデルは、あの『往生要集』を著したことで日本の仏教史を転換したことで有名な源信、恵心（えしん）僧都である。紫式部は非常に尊敬していたのであろう。

その僧都には八十歳を超えた母親、五十歳ぐらいの妹がいた。彼女らは古くからの願いごとがあって長谷寺に参詣した。その帰りに、母の尼君の具合が悪くなり、宇治のあたりで知人の家があったので、そこで回復を待った。なおもひどく患ったので横川の息子の僧都に連絡した。僧都は山籠もりの修行の本意（ほい）（かねてからの願い）が深く、今年は山を出るまいと思っていた。しかし危篤の様子の親が旅路の途中で亡くなってしまうのだろうかと驚いて、急いでやってきた。

いつ亡くなってもおかしくない高齢の母を、僧都自身も弟子たちも加持祈禱（かじきとう）をした。万一、母が亡くなると、知人の家が死の穢（けが）れにさらされる迷惑をかけるので、まず僧都が宇治院に移動した。ひどく荒れておそろしげなところだった。検分のために僧の一人が、人も近づかないような、とても暗いほうに行くと、火をともしてみてみると森かと見える巨木の根もとに白いものがひろがっていた。気味が悪い。

「狐が化けたのだ。にくらしい。正体をあばいてやろう」

と言って一人の僧が少し歩みよる。もう一人の僧は、

「まあやめたがよい。悪い霊だろう」

と言って、悪しきものを退散させるまじないの印（仏法の力を発揮する手の形）をつくりながらも、怖気づいて見守っている。火をともした僧は気がねせず、どんどん近づいてみると、長い黒髪で泣きに泣いている。僧都に報告すると、

「狐が人に化けるとは昔から聴いているが、まだ見たことがない」

と僧都はそれまでいた寝殿から裏庭に下りてきた。そして僧都たちは四、五人で見る。あやしく思われるまま、二時間ほどたつ。狐に変わることはないようだ。

「これは人だ。絶対に魔物ではない」

と僧都は断言した。

「近づいて事情を訊いてみろ」

もちろん、これは入水、投身自殺できなかった浮舟である。ともかくも、

「ほんとうに人の姿である。その命が絶えてしまうのをみすみす捨てることは、たいへんあってはならないことである。池におよぐ魚、山に鳴く鹿さえも、人に捕えられて死ぬの

を見て救わないのは、とても悲しいことであろう。人の命ははかないものであるけれど、残り、一、二日であっても惜しまなければならない。やはり、薬湯を飲ませなどして助けてみよう」

と僧都は判断して、言った。

弟子たちの中には、母尼のそばに穢れを持ち込んだというので批判する者もいた。また僧都に賛同する者もいた。

僧都の妹尼は浮舟を、亡き娘の身代わりとして、長谷観音が与えてくれたと堅く信じ込む。浮舟は生きているようではなく、とはいえ、目は少し開けている。妹尼たちが必死になって看病すると、浮舟はかろうじて、

「生き返ったとしても、見苦しい、生きる意味がない者です。ほかの人には見せないで、夜に宇治川に落とし入れてください」

と、かすかな声で言った。それきり何も言わなくなった。母尼もどうにか持ち直し、一行は小野の里に戻った。浮舟の意識が戻らないので、妹尼は兄の僧都に加持祈禱を依頼した。

僧都は浮舟がとびきり若くて美しい女性であることをあらためて知る。仏教では、僧は女性に対して禁欲的でなくてはならない。僧都がわざわざ山を下りて女のことで夢中になっているなどという噂だけでも、まずいのである。僧都は今まで禁を犯したことはないし、

六十歳を過ぎて女性のことで非難を受けるとしたら、それも前世からの宿縁であろうと開き直る。そして必死に一晩中、加持祈禱をした。そしたら出た、物の怪が。やはり、浮舟にとりついていたのだ。

いや、この物の怪は八宮邸に住みついて大君も取り殺した。そうすると匂宮にレイプされた中君は安全だったのだ。もし同様に薫が強く出て大君をレイプしていれば、助かっただろう。物の怪のつけいるすきはなかったはずである。浮舟は世を恨んで自分から死にたいということばかりを考えて、夜にひとりだった時に正気を失わせたという。死なかったのは長谷寺の観音がお守りしていたからだという。この物の怪の正体は、恨みを残して死んだ僧侶であるという。

以上、ここまでの狐の変化とか、物の怪とか、仏教的な宗教の信仰にかかわることは、現代の合理的な科学的見地からはまったくナンセンスである。それでも読ませるのは、ナンセンスなはずの題材に現代人をもひきつけるものが眠っているからだろうか。不思議である。確かに現代人の私たちも、占いとかジンクスとか、「死に通じる〈4〉の病院の部屋」を嫌うとかがある。アメリカの共和党系の多くの人は、進化論を信じず、聖書を信ずるとかいう。いくら科学が発展して宇宙に人類が行くようになっても人間社会からは《不合理なもの》は消えないだろう。

浮舟は救われた。

浮舟の物語は終わらない

1

浮舟はすっかり意識を取り戻したものの、小野の里の僧都の妹尼に大切に扱われながら、頑固に身元を明かさない。ひた隠しにして過ごしている。周囲を常に警戒し、人間関係にも距離を置いている。妹尼は亡くなった娘の身代わりとして娘の婿だった中将を浮舟の夫として通わせたいものだと思う。浮舟は極度に防御的な生き方を貫き、拒否する。

浮舟は過去を自省する。匂宮を少しでも恋しいと思ったのは自分でも許せない。匂宮と出逢ったことで、さすらいの身となった。もうこりごりした。薫はおだやかな接し方だったが、またとなくすばらしく思える。このように自分が生きていたと知られたら、ほかの誰に知られるよりも恥ずかしい。このように浮舟は内省するが、浮舟は東国育ちで、田舎で受領階級の生活をして育った娘に過ぎない。読者が見てきたように薫は女一宮に強烈に魅了される、至高の皇女を内心で臨むような貴族である。あまりにもかけ離れている。とてつもない身分の差がある。これだけで悲劇である。

浮舟は薫の姿を一目だけでも見たいとふと思う。しかし、そういったことさえ、いけないのだと自分に禁じる。そして下山してきた僧都に懇願して、ついに出家する。出家を成し遂げたことにうれしいと浮舟は思い、俗世間で人妻として過ごさなくてよくなったことを何よりもすばらしいと思い、胸がすっとするのだった。

妹尼が初瀬(はつせ)詣(もう)でで留守の間に浮舟は出家してしまったのだった。普通の生活をして生きがいのある人生をとばかり思っていたところを、突然出家されて、浮舟の母親代わりの妹尼は驚き、悲嘆にくれるのだった。ひどく動転する様子を見て、浮舟は実の母が、行方不明で遺骸もないと自分のことを悲嘆にくれているだろうと思うと実に悲しくなるのだった。妹尼は仕方なく浮舟の尼衣を用意した。

その頃、加持祈禱で、京に出ていた僧都は明石中宮に接する機会があった。僧都の話で、浮舟ではないかと中宮は思う。小野に立ち寄った僧都は妹尼に非難されるが、浮舟をやさしくなぐさめて、この世を拒絶して出家をしても、孤絶の悲哀は残るものなんだよと諭す。僧都は浮舟の出家生活の不安や、いまなお残る迷いをぬぐってくれた。

浮舟に言い寄っていた中将が、浮舟の出家したのを聞いてうらみごとを言おうとやってきた。中将は垣間見をして、たとえ尼でもこれほどの美人なら、かえって気持ちがそそられて悩ましい。異常に中将の気持ちはたかぶるのだった。仏罰も考えずに隠れ妻にしたい。

新年が来た。やはり、浮舟は、匂宮が浮気性だが情熱的に愛を語ってくれたことも忘れられない。時には思い出す。

そしてあの事件から一年が経過した。紀伊守（きのかみ）の依頼で、薫が催す浮舟の立派な一周忌の準備を妹尼の家でも行うことになる。紀伊守のおばが妹尼である関係からである。浮舟にとっては自分の一周忌である。

2

中宮付きの女房で、薫の召人の小宰相が薫に浮舟が生存していることを話した。浮舟の話は僧都から中宮へ、そして小宰相へと流れたのである。薫は中宮にも直接会って話をする。なんとかして《世間体》よく探し出したい。

比叡山延暦寺に行って、ついでに横川に立ち寄ったように見せかけて薫は僧都に会う。薫は、僧都から浮舟のことを詳しく聞いて驚く。薫は言う、「私は、特に妻になどとは思ったことはございません。ちょっとした機会に見始めましたが、またそんなにまで落ちぶれてもよい身分とは思ったことはありません」と。「出家して罪障を軽くして住んでいると聞くので、たいへん良いことだと考えています」と。体裁をつくろって《世間体》が悪くならないように受け答えする。僧都は浮舟に会うために下山するのは今日明日は差しさわりがあるとして、僧都は手紙を書いて、浮舟の弟の小君に託すことにする。

一方、浮舟のいる小野の里からは、はるか遠くに眺められる谷のほうに、先払いを特に重々しくして、たいへん多くのたいまつの明かりが揺れ動く光が見えた。尼たちが薫の一行の灯りだとして噂話をしている。浮舟は自分をなんと浮世離れをした田舎暮らしをしていることかとつくづく思う。

翌日、薫は小君を小野につかわす。小君は浮舟の異父弟である。浮舟は親しくてかわいいと思っていた。薫は自分の手紙も小君にたくす。小野には小君とは別に、早朝、僧都からの手紙があった。手紙には薫の名前があったので妹尼は仰天した。浮舟はどうしようもなくて妹尼に問い詰められても黙っている。そのうち小君が昨日の僧都の手紙と薫の手紙をたずさえて到着した。「出家した姫君のお方に」とあて名書きしてあるので浮舟は逃れるすべもない。身のおきどころもなく、いっそう奥のほうに引っ込んでしまった。僧都からは還俗（げんぞく）して、薫との関係をもとに戻すようにとのことである。たった一日の出家でさえご利益ははかりしれないのだから、還俗して薫とのよりを戻せとのことである。

妹尼にたずねられて、小君はいったい誰だろうというので、浮舟は初めてよく見るとまぎれもない弟である。母のことを聞きたいと強く感じた。切ない。弟もなつかしい。しかし、浮舟は頑固に会うことを拒否する。「ただ一言を」薫に伝えてという小君にも何も答えない。しかたなく小君は手ぶらで帰った。

何の情報も得られず拒否された薫は、男が浮舟を囲っているのではないかなどと思ったりした。そしてここで『源氏物語』は終わったととらえるのが一般的である。

しかし、少し前に戻って読んでみると、まだ浮舟の物語には希望がある。一両日中には、僧都が自ら浮舟に会うと言っていた。僧都は浮舟にどう話して、結果、浮舟はどうするのだろうか。

あとがき

光源氏の《光》は、現代でいえば《オーラ》であり、紫式部の精神を光源とする。光源氏の二人の息子、冷泉天皇と夕霧は父親とそっくりであったが、ものすごい《光》は紫式部によってはあたえられていない。光源氏だけが、強烈な《オーラ》があるのだ。

とにかく読んでわかりやすく楽しい本というのを心がけた。それでいて知的な好奇心を満たすようにスパイスも忘れず、『源氏物語』の流れにのりながらコメントを折々加えた。

目次を見てもらえばおわかりになると思うが、かなり現代的な視点から話がすすめられており、シェイクスピアやレオナルド・ダ・ヴィンチなども自由に参照しながら、読み終えてみれば、何だか『源氏物語』そのものを読了した感じがすると思う。国文学の《研究》には少しふれただけで、ひたすら一読者、愛読者の立場に立って書いた。

光源氏や薫、匂宮が主人公であるが、『源氏物語』全編に咲き乱れる美しい花々のように女性たちが描かれている。紫式部は男性たちよりも、これらの女性たちの群像を表現したかったのではないかと思われる。

わたしは音楽も好きで、モーツァルトも好んで聴く。

モーツァルトのかなしみは疾走する。涙は追いつけない。

記憶で引用したので正確ではないと思う。だが、このままにしておこう。小林秀雄である。これは『源氏物語』の最後のヒロイン、浮舟のためのような言葉である。モーツァルトを聴くように、『源氏物語』を楽しんでもらいたい。

今回も小島雄社長には何からなにまでお世話になりっぱなしであった。心より御礼申し上げたい。ほんとうにありがとうございました。

令和五年一二月一二日

佐藤公一

佐藤公一（さとう・こういち）
［著者略歴］
1954年　秋田県生
1977年　早稲田大学教育学部国語国文学科卒業
1982年　北海道大学大学院文学研究科修士課程修了
1995年　秋田大学教育学部非常勤講師
現　在　文芸批評家
［主な著書］
『講座 昭和文学史 第2巻』（有精堂、1988年、分担執筆）
『モダニスト伊藤整』（有精堂、1992年）
『時代別日本文学史事典 現代篇』（東京堂、1999年、分担執筆）
『小林秀雄のリアル　創造批評の《受胎告知》』（彩流社、2016年）
『小林秀雄の超戦争―全釈『無常という事』を楽しむ』（菁柿堂、2017年）
『小林秀雄の秘密』（アーツアンドクラフツ、2019年）など多数。

紫式部（むらさきしきぶ）のオーラ
『源氏物語』をわかりやすく

2024年2月10日　第1版第1刷発行

著　者◆佐藤公一（さとうこういち）
発行人◆小島　雄
発行所◆有限会社アーツアンドクラフツ
東京都千代田区神田神保町2-7-17
〒101-0051
TEL. 03-6272-5207　FAX. 03-6272-5208
http://www.webarts.co.jp/
印刷　シナノ書籍印刷株式会社

落丁・乱丁本はお取り替えいたします。
ISBN978-4-908028-92-2　C0095